貴族グレイランサー

吸血鬼《バンパイア》ハンター　アナザー

菊地秀行

JN019739

朝日文庫

本作は二〇一一年一月に小社より刊行されたものです。

目次

貴族グレイランサー

◆本作の物語世界

遙か未来の地球。人類は核戦争の末に衰退し、代わって〝貴族〟と呼ばれる吸血鬼《バンパイア》たちが高度な科学文明をも駆使し、絶対的な存在として全生命体の頂点に君臨していた。人類は奴隷以下の、生血を吸われる食糧と化し、貴族たちの支配下に置かれている。

◆本作の主な登場人物

グレイランサー
貴族最強の戦士。〈北部辺境区〉管理官

マイエルリンク
〈西部辺境区〉管理官

ミルカーラ公爵夫人
〈南部辺境区〉管理官

〝ゼウス〟マキューラ
〈東部辺境区〉管理官

ラリア
グレイランサーの妹。夫は文官のブリューゲル

〝工人〟ヴァロッサ
グレイランサーの家に長年仕える武器製造者

C H A R A C T E R S G U I D E

ギャラガー
グレイランサーに囚われ、その配下となった〝銃師〟

シザム
剣技ストレーダの技を使う〝剣師《ソーズマン》〟

ミチア
グレイランサーが出会ったアルドス村の女性

レティーシア
グレイランサーが出会った〈西部辺境区〉の村娘

序（ある歴史書の断片）

朱《あか》い大河が滔滔《とうとう》と流れるような誇り高き貴族の歴史の中で、その流れが反転し、渦巻き、河《か》中《ちゅう》に投じられた巨石に挑んだ三千年間ほど、魔性のごとき貴族の存在を、鮮烈な月明りの下で際立たせた時期はあるまい。

彼らの掌中《しょうちゅう》で、科学は魔法のごとく変幻し、巨石を迎え討った。

巨石とは敵である。それは外宇宙《アウター・スペース》から来た。

永劫《えいごう》の生命を誇る貴族でさえ、その涯《はて》を思えば悲愁まじりの溜息をつかざるを得ない星々の深奥――そこから訪れた敵はＯＳＢ《アウター・スペース・ビーイング》――〈外宇宙生命体〉と呼ばれた。

その三千年――朱に彩られ紅《くれない》にまみれ、真紅の屍衣《しい》と血潮とをもって象徴される歳月は、〈戦士〉の誉《ほま》れであった。人間を奴隷のごとく膝下《しっか》に置いて、五千年の泰平を過ごした彼らは、はじめて無抵抗な人間の血を吸う以外の、魔性の本懐ともいうべき戦いの日々を迎えたのである。

詳述は避けよう。

貴族たちは血震いして、その魔戦に身を投じたというに留める。

皓皓《こうこう》と月冴える冬の大空に黒い蝙蝠《こうもり》とそれを駆る青白い男たちが躍り、ＯＳＢの〈飛船〉を迎え討てば、荒涼を極める大平原にＯＳＢの〈雷車〉と黄金の車体を不可視のエネルギーで包んだ単座〈戦車〉とが、科学と魔法の矛《ほこ》を交わらせて交錯し、やがてここを訪れる旅の吟遊詩人たちは、壮大な死闘にあらず、広大な墓所と化した荒野《あれの》への憧憬を謳《うた》いあげるのであった。

戦いは〈都〉を遠く離れた〈辺境〉の地で行われた。

そこには〈人間〉がいた。栄華を極める貴族たちが、その巨大さと比較すべく、否、その意識すらなく生存を許した卑小な生きものたちの土地であった。

皮肉なことに、彼らが卑小であるが故に、ＯＳＢの襲来によって、貴族には彼らを守護すべき責が生じたのである。

〈辺境〉の領主――〈管理者〉たちの多くはそれを放棄した。後年の貴族の〈落日期〉を決定づけたとされる人間の不信は、ここに形成された。不信は憎しみを抱擁し、反抗の雄叫《おたけ》びに変わる。この時期、人間たちが貴族について遺《のこ》した資料はほとんどない。憎悪は言及よりも抹消を選んだのだ。

だが、わずかながら、人間が時の流れに留めた幾つかの名前がある。

朱色の血の歴史に涼風の鏨《たがね》が刻み込んだごときその名前のほとんどは、すでに伝説と化し、〈貴族〉と〈人間〉の記憶にわずかな長詩《バラード》と神話《サーガ》の断片を残して消え去っているが、〈辺境〉の片隅には今なおその名の残った意味を、運び去る時の風に抗して語り継ごうとする人々がいる。

これは、その干《ひ》からびた唇と閉ざされた瞼《まぶた》が編んだ物語であり、血と闇と月光が織りなすそれが、真っ先に紡《つむ》ぎ出した名前である。

第一章　〈辺境〉の守護者

1

貴族暦七〇〇〇年の秋に入ってから、二つの怯《おび》えがアルドスの村を蝕《むしば》んでいた。

ひとつは、彼らの支配者である〈貴族〉と死闘を繰り広げて百年を越す〈ＯＳＢ〉――外宇宙生命体《アウター・スペース・ビーイング》の存在であり、いまひとつは、今日行われる、彼らの大領主――〈北部辺境区《セクター》〉管理官、グレイランサー卿の巡察であった。

他の〈辺境区〉の場合や、地方レベルの監督官の巡察ならば、さしたることもない。人間の居住地帯への顔出しなど、まさにそのとおりの意味しか持たず、仰々しい機械家臣団《オート・ヴァサルズ》の行列に守られた防護棺《G・カフィン》が、機械人楽団の演奏する荘重な音楽に合わせて村の通りを練り歩いて終わり、触れ書きに威圧感たっぷりに記されているように、棺の中から領主や監督官が聖なる貴族の眼を光らせているなど、信じる者は誰もいなかった。

だが、〈北部辺境区〉の大領主ならば、来る。

三千年以上の歳月、この地区を支配し、管轄し、統治して来た大貴族は、生きながら伝説となり、現実のその姿と相俟《あいま》って、真紅の畏怖《いふ》を人々にまとわせて来たのだった。

だが、人々の面上にはある種奇妙なとまどいと、そこから生まれる安堵《あんど》が揺れていた。

触れ書きの指定時刻が近づくにつれて、彼らは天を仰いだ。とまどいの原因であった。蒼穹《そうきゆう》に白い雲が小猫のように遊び、空の涯《はて》からやって来て、日夜、貴族たちと壮絶な空中戦を繰り広げているというOSBの飛行体など、影も形もない。

それよりも、いまは昼だ。

グレイランサー卿は、正午に来ると言った。

あと二分。しかし、光溢《あふ》れる村の中へ、貴族――吸血鬼がどうやって？

「嘘じゃねえのか、村長？」

村の北の出入口に立つ十人ばかりのひとり――村の助役が、右横の村長ランジに訊いた。

「いくら大貴族つったって、真っ昼間だぜ。どうやって来るつもりだ？　しかも、伴《とも》はひとりきりで？」

「貴族のやることが、わしらにわかるかい。〈辺境〉ん中でも、こんなちっぽけな砂埃《すなぼこり》みたいな村にまで来るってんだ。わしやおまえが死んでもわかりゃしねえよ」

「――けど、あんたが子供の頃、一度来たって話じゃねえか」

村長は皺《しわ》の間にかろうじて開いたひび割れみたいな眼をしばたたいた。

「そうさな。わしは四つだった。親父とおふくろは、絶対に見ちゃならねえと言ったが、わしゃ窓を細く開けて覗《のぞ》いただ。家の前の道を、こう遠くから蹄《ひづめ》の音が聞こえて来てな、やがて途《と》轍《てつ》もなく大きな馬に跨《また》がった途方もなく巨大な人影が、眼の前を通っていった。隙間から妖気が吹き込んで来たような気がして、わしはひと晩眠れんかった。それがグレイランサーと呼ばれる男じゃった」

「けどよ、そんときは夜だろうが？」

「そうだ。夜空には皓皓《こうこう》と月がかがやいておった」

「今度は真っ昼間だぜ。いつの間にか貴族が進化したのか？」

「わからんよ、貴族のやることは。けどな、村の代表三名以外は出迎え無用なんてお触れは助かるねえ。〈南〉や〈東〉の領主は、村の収入一年分の大歓迎パレードを要求すると聞いたぞ」

「そんなこと、喜ぶなよ」

助役は曲げた人さし指を噛みしめた。

「おれは、ご領主は地獄の使者みてえに残忍で厳しいとしか聞いてねえよ。それがこんなちっぽけな村へ、陽の光を浴びながらやって来る。こりゃ前兆だぜ、村長。悪いことが起きる前触れだ。そして、悪いことってのは、おれたちにゃ想像もできねえ程のもんだ」

「しっ⁉」

ともうひとり――出納係《すいとう》が眼を宙の一点に据《す》えて身を硬くした。

「蹄が聞こえる――来たぞ！」

恐怖の黒い風が吹き抜けたかのように、余分な村人は散り散りに消えた。

四人が残った。

村長と助役と出納係と――紅毛の女だった。苛烈な生活のせいでひどく老《ふ》けて見えるが、まだ三十代はじめだ。村長の妻である。

出迎えを強制されたわけではないのは、ちらちらと彼女を見る亭主の眼が、厄介者のような扱いをしていることで明らかだ。

朝から押し問答を続け、ついに彼女は自分の意志でこの場に加わったのであった。

そして、村の出入口から瘴気《しょうき》の立ちこめる荒涼たる平原へと続く細い道に、忽然《こつぜん》と二つの騎影が出現し、こちらへ向かって来たときも、怯え切った三つの顔をよそに、どこか恍惚《こうこつ》に似た表情を浮かべているのも彼女ひとりであった。

木と石と泥で固められた家々の戸口と窓から覗いていた顔が次々に引っ込み、毛羽《けば》立ったカーテンが引かれた。

遠くからも闇色の霧をまとっているように見えたが、いま、眼の前で黒いサイボーグ馬を止めた姿は、白い陽光の中で濃紺に黄金の混った霧にかすんでいた。濃紺はケープの色。黄金は下の上衣に施された刺繡《ししゅう》だ。

「お待ち申しておりました。当アルドス村の長《おさ》――ランジでございます。こちらは助役のスダウ、出納係のシジョグと申します」

「手間を取らせる。グレイランサーだ」

馬上からの声は、ひどく遠く聞こえたが、四人の村人の背筋を凍りつかせる迫力がこもっていた。

黒く艶やかな長髪、皮膚の下の骨は鉄でできているようなたくましい顔とそれを支えるに足る太い首、眉太く、鼻高く、一文字に引き結んだ唇は血のように朱《あか》い。ここから迸《ほとばし》る怒号ひとつで、飛ぶ鳥もまとめて落ちてしまいそうだ。いや、その体軀《たいく》もまた鉄の骨格に肉と皮とを貼りつけたように見える。瞳は吸い込まれそうに青い。だが、ひとたび血の臭いを嗅《か》げば、唇と同じ色彩《いろ》に染まるに違いない。

一馬身右後方のもうひとりへ顎《あご》をしゃくり、

「私の家臣だ。グローベックという」

手綱を握ったまま一礼した男は、主人《あるじ》ほど堂々たる上背も肩幅もなく、胸も薄かった。主人のデコピンひとつで華奢《きゃしゃ》な首は外れ、息のひと吹きで地平の彼方まで飛んでいきそうなイメージを四人は抱いた。灰色のケープの下は機械装甲で覆われているが、何となく役に立ちそうもない――というより、いつも故障しているような感じがつき纏《まと》っていた。

細く薄い眉、半ば閉じているだけで閉じ切っているとしか思えない眼の奥で動かぬ死魚のような瞳、とどめは断末魔のごとき苦渋の表情だ。申し訳のように腰に長剣を帯び、右前腕にビーム砲を装着してはいるが、上手《うま》く使いこなせるとは思えない――どころか、こちらも故障中に違いない。

だが、ただひとりの伴を見る主人の表情は信頼できていた。

「どうだ？」

と訊いた。四人は顔を見合わせた。

「やむを得ませんが、他の村と変わりませんな」

グローベックは、鼻の付け根を揉《も》んだ。村にもいる麻薬《シャブロン》中毒者かアル中のようだ。

「いるか？」

「わかりかねます。少なくとも私の可聴域にはおりません」

「ならばよし」

鉄の声が認めた。

「貴族への思いは致し方あるまい」

「は」

声も身体も病人のような男は、指に力をこめた。

そのかたわらに濃紺の姿が下り立ち、ずうんと大地が鳴動したような気が四人にはした。無論、幻聴だが、無理もない。領主の身長は二メートル近くあった。

紺碧の瞳が女に止まった。微笑を映した。すぐに村長へ移って、

「昼の光の下を歩くのが不思議か？」

と訊いた。

「は、いえ」

「隠さずともよい。目下、それができるのは私たちのみだ」

「は」

視線は女に戻った。

「出迎えに女がいるとは珍しいな」

「恐れ入ります。私の家内で」

「ミチアと申します」

一礼した女は、顔の寂寥《せきりょう》を隠したのかも知れない。

「貴族が怖くないのか？」

「はい。少しも」

「これは」

グレイランサーはうすく笑った。貴族にしては血の気の少ない唇の端から、錐《きり》を思わせる歯が覗いた。

「大した女がおるな。だが、安心せい、長居はせぬ。久しぶりの巡察だが、この村は入ってお

らなんだ。それなのに出向いたのは、この付近にあるものが降下したとの連絡が、〈監視星〉から入ったからだ」

この星を取り巻く大気圏ぎりぎりの地点に、数十個の監視衛星が浮かんでいると聞いた覚えがあるが、その用途や細かいことは無論わからない。しかし、村長以下の胸は不安で満たされた。あるもの――わざわざ領主が馬を駆って捜索に訪れたものだ。恐らく、処分しに。

村長は生唾《なまつば》をひとつ呑み込んだ。

眼の前の領主は、巨人のようにそびえていた。素手だ。槍も弓も剣も帯びていない。しかし、この男なら、これでどんな敵でもひねりつぶせる、と誰もが思った。

「OSBとやらでしょうか？」

余計なことを、と激怒の雷《いかずち》が落ちるかと思ったが、領主はまたうすく笑って、と言った。

「そのとおりだ」

「よく知っておる。さすが我が民よ。心当たりはないか？」

2

村長は三人をふり返った。助役と出納係は首を傾《かし》げた。

「そう言えば」

と表情を変えたのは、ミチアであった。全員の視線を受けながら、

「今朝、北の森へキノコ採りに行ったとき、樵《きこり》のベージュロに会いました。彼は昨夜、森のずっと奥の方へ流れ星が落ちるのを見た、とか」

「いつ頃だ？」

「それは――聞いておりません」

「ふむ。大体の距離はわかるか？」

ミチアは眼を細め、眉を寄せた。記憶を辿っているのだ。

二秒ほどで眼を開け、

「北の森まで村から二十キロ。ベージュロの家から奥と呼ぶ土地までは、さらに五十キロ」

領主は無言で北の方角へ眼をやった。

「その樵は家か？」

「左様で」

助役が応じた。

「三時間ばかり前に村を出て行くのを見た者がおります」

「落下地点周辺に住民は？」

「はい、樵の家が四軒ほど」

と村長が答えた。

「人数は？」

「一軒に赤ん坊が生まれるかどうかというところでございますが、それを含めれば十七名で」

グレイランサーはうなずいた。

「邪魔をした。私たちが戻るまで、みな家にこもっておれ。それから」

彼は奇妙なことを口にした。

「その樵と家族が村へやって来ても、決して家の中へ入れるな。入ろうとしたら、殺せ」

騒然たる雰囲気が四人を取り囲んだ。貴族の発言のひとつひとつが、〈辺境区〉に生きる人間には、運命に関わる大事なものだ。火中に投じられたひと摑みの粉は、ただの火薬か、爆裂薬か？

「――どういうことでございましょう？」

怯え切った表情の村長へ、グレイランサーは低く低く、

「案ずるな。言われたとおりにすれば、何の問題もない。よいな？　知り合いなどという意識は、即おまえたちの死につながるぞ。また会おう」

行くぞ、とグローベックにひと声かけて、これも濃紺のブーツがサイボーグ馬の横腹を蹴るや、領主の巨軀は風を巻いて疾走しはじめた。

みるみる家々の間を小さくなっていく人馬を見送りながら、

「何たる手綱さばき馬さばきじゃ。あれなら半時間もせずに北の奥に着く」

と賛嘆した村長は、かたわらの妻をふり返って、

「おまえの様子から、ひょっとしたら会ったことでもあるのかと思うたが、考えすぎだったか。ご領主は眼もくれなかった。いや、助かったわい」

「いやだ」

ミチアは、とんでもないという風に苦笑を浮かべたが、三人の男たちがそれぞれの住いへと歩き出したとき、すでに影法師すら見えぬ領主の走り去った方角を向いて、束の間立ち尽していたところを見ると、数分の邂逅《かいこう》について、他の三人と異なる思いを抱いていることは確かだった。


ベージュロの小屋までは十分とかからなかった。グレイランサーとグローベック主従のサイボーグ馬は、正しく特別製だったのである。

百メートルもあるリーザ樹の枝が落とす影に、小さな小屋は押しつぶされるように眠っていた。

小屋の中へ入って、グレイランサーはすぐに戻って来た。

「おらんな。暖炉の灰の具合から見て、村から戻ってすぐに出て行ったらしい。馬もない。どうだ?」

馬上のグローベックは、いつの間にか別人の様相を呈していた。血色が戻り、表情ばかりか全身の不健康なこわばりが溶けて、口もとには微笑が浮かんでいた。

「目下、一キロ以内には動物以外おりません」

これが、どうだ？　への答えであった。

「好奇心旺盛《おうせい》な樵か、訊いておけばよかったな」

「全くです」

「犬も飼っていたようだが、やはりおらん。行くとしよう」

十キロほど走ると、右手の木立ちの向うに、ベージュロの小屋よりも大きな家が覗いていた。

「どうだ？」

「いえ」

短い問答は、それから三度繰り返された。ミチアが告げた樵たちの家の近くを通過した折である。

森の果てまであと数キロという地点まで来たとき、グレイランサーは手綱を引き絞って馬を止めた。

すでに木立ちはなく、黄土色の台地が広がる二百メートルほど前方に、明らかに人工のものと思《おぼ》しい青銀色の物体が横たわっていたのである。木立ち一本ない荒野の只中に、鮮やかとさえ言える色彩は、周囲の荒涼を一層際立たせていた。

全体の形は、三基の水平尾翼をつけた円盤に近い。長径十メートル、短径八メートル弱というサイズからして、搭乗員は最大二名。コクピットらしい二つの突起部——どちらも開いている——も、それを裏づけていた。

突起部のすぐ後ろから尾翼に到るまでは斜めに大きく裂け、不時着に成功したのが奇蹟に近いと思わせた。

不時着時の傷はない。敵の飛行体はエネルギーのシールドを採用しない代わり、機体そのものに絶対金属と言ってもいい超密度合金を使用している。その成果だ。

突起部の前に、人影があった。

鎧熊《よろいぐま》の装甲皮のベストとウールのシャツ、大型獣用の大口径短銃は傷だらけだが、ベルトの背に差し込んだ手斧《ちような》は、顔が映るほど磨《みが》き抜かれている。

本業を支える斧《おの》は足下に置いてあった。樵に違いない。

生命より大事な商売道具の代わりに手にしているのは、短銃と同じような握りのついた円筒であった。

彼は五メートルほどの距離を置いて、円筒の先を飛行体に向けた。

青白い塊が吸い込まれると、機体はたちまち同じ色に染まり、全体がかがやきに包まれた。それが消えると、後には何ひとつ残っていなかった。銀色の埃《ほこり》のようなものが黄土と石塊《いしくれ》の間に散らばっていたが、一陣の風にたちまち吹き散らされてしまった。

樵はそこに跪《ひざまず》き、両手を胸前で組み合わせると、何やら呪文《じゅもん》めいたものを唱えはじめた。

「ほお、はじめて見た」

グレイランサーが眼を細めた。

「血が流れていないと言われておりましたね」

グローベックが手綱を握りしめた。

「ここにいろ」

グレイランサーは馬を進めた。

十メートルまで近づいても、樵姿は身じろぎひとつしなかった。

グレイランサーが馬を下り、

「ベージュロか？」

と呼びかけた。

愕然《がくぜん》とふり向いたところを見ると、本気で祈りに没頭していたらしい。

濃紺のケープを風に翻《ひるがえ》す巨人を呆然と見つめて、

「おめえさん――誰だ？」

と樵は髭《ひげ》だらけの顔を歪《ゆが》めた。

「ベージュロか？」

「そうだよ。けど、あんたは――ひょっとして……まさか」

「グレイランサーだ」

「おお。確かにベージュロですだ。でも、ご領主さまが何でこんなところに?」

「訊きたいことがあって来た。だが、それはもう済んだ。あちこちに散らばる埃は、これを見物に来た四軒の樵とその家族たちの遺骸か、もとベージュロよ?」

「何を――おっしゃいます」

樵はよろめきつつ後退した。

「おらあただ、昨夜こいつが落っこちるのを見て、確かめに来ただけですだ」

「見に来ただけの男が、何故、飛行体を消した? その背に廻した手はどちらを選ぶ? おまえが吸収した樵の斧か、破壊銃《ブラスター》か? いまはどちらが使い易い?」

ベージュロはさらに後じさった。汗まみれで震えるその姿は、どう見ても平凡で粗野で善良な樵のものであった。

「だが、使えぬか? 貴族がおまえたちの武器では滅ぼせぬと、もう知っておるからな」

彼は左手を耳に当てた。薬指に嵌《は》めた宝石が、燦然《さんぜん》と陽光を撥《は》ね返した。

「ほお、我が忠実な家臣から連絡があった。いま、おまえはこう考えた。この糞貴族め、いつかおれのような男がおまえらを根絶やしにしてくれる、とな」

「そのとおりだ!」

ベージュロは右へ跳びざま、右手を貴族へ向けた。

青い光の塊が吸い込まれ、グレイランサーは消滅した。

「――やった」

ベージュロは呻《うめ》いて、武器を持った手で額の汗を拭った。凄まじい緊張が水に流した絵具のように溶けていく。

「誰だ、この星の生物が不死だなどとぬかしたのは？　見ろ、おれが片づけてやった。奴はいまその辺を飛び廻る塵《ちり》だ」

勝ち誇った声が、突然、凄まじい苦鳴に化けた。

鳩尾《みぞおち》の辺りから一メートルも突き出た銀色の槍の穂を、ベージュロが両手で握りしめたのは、その身体が三メートルもの高さに持ち上げられた後であった。

手足を痙攣《けいれん》させる以外、どうすることもできぬ樵へ笑いかけたのは、言うまでもなくグレイランサーだ。

だが、彼はいま、原子核を破壊する猛射を浴びて消滅したばかりではないのか。その髪もその顔もその衣裳《いしよう》もそのまま。さらに、いま右手で支える三メートルもの長槍は何処に携帯していたのか。

「私の問いに答えれば、ひと思いに殺してやろう、汚らわしい外宇宙の侵略者よ。もうひとりは何処にいる？」

何という残忍さか、彼は槍を揺らした。

ベージュロの口から鮮血が迸った。苦鳴は絶叫に変わった。

「まだ化けていられるか。よし、もう訊かぬ。苦しみ抜いて死ぬがいい。おまえたちの神にはどう祈る？」

グレイランサーは槍を大きくひとふりした。樵の身体は縦に裂けた。

鮮血が地上に叩きつけられ、その上で内臓がつぶれた。

変化は数秒後に生じた。

縦一文字に裂かれた二つの身体が、陽光の下で溶け出したのである。眼球も肉も骨もまがいものだったと叫びつつ、すべて灰白色の粘液に化けると、二塊のそれは苦しげにグレイランサーの方へと流れ出したが、一メートルとこなせぬまま、ついに黄色い地面の上に広がって動かなくなった。

それが本当に死んだと確かめるまで数秒待ってから、グレイランサーは槍をひとふりした。こびりついた灰白色の血が一粒残らず地上へ飛んだ。彼は槍を下ろし、グローベックの名を呼んだ。

3

頭の中で〝声〟が応じた。

——すぐに参ります
木立ちの間から騎馬が現われ、こちらへ近づいて来た。

あと十メートルというところで、グレイランサーは、家臣の上空から降って来る黒影を見た。

「伏せろ」

声に出して叫んだが、遅かった。

グローベックの心臓が、ぼっと紅い塊を噴出するや、彼は前のめりになって落馬した。

敵の放った武器は鋼《はがね》の矢であった。地上に柄端までめり込んだそれにちらりと眼を走らせ、グレイランサーは右手をふった。

美しい響きを上げて、二本目、三本目の鋼は叩き落とされた。

——ただの樵ではなかったか
そう考えたとき、血まみれの声が脳裡《のうり》に忍んで来た。

——卿《ロード》よ、敵は〈妖弓師〉です
グローベックの〝思考〟である。グレイランサーはサイボーグ馬の尻を叩いて移動させ、地に伏した家臣に駆け寄った。

グローベックの馬も追いやり、四本目の矢も打ち落とした。

グローベックの身体はすでに崩壊しはじめていた。青ざめた肌が黄ばみ、瘴気《しょうき》を放ちつつある。

──四軒の中にいたらしい。お客に化けていたのかも知れんな。仇はいま、討ってやろう

滅びゆく者には、非情とさえ言える口調であった。

大貴族は仁王立ちになるや、右手の槍をふりかぶり、狙いも定めずに投げた。

ぶん、と引き音《おん》を残してそれは忽然と消えた。グローベックの心臓を射ち抜いた矢の発射地点へ翔《はし》ったと知る者は、彼ら二人のみだ。

──卿⁉

驚きの思考が脳を灼いた。巨軀の鳩尾から黒い矢が生えていた。槍を投擲《とうてき》した刹那に受けたものであった。

──心の臓は外れた。安堵せい

グレイランサーは左手を矢にかけ、眉ひとすじ動かさずに引き抜いた。

──早く……あの村へ……お戻り……なされ。鋼の矢……手当てをせねば……臓腑は腐って……参ります

──おまえは保《も》たぬか？

それは、答えのわかっている問いであった。精神感応《テレパシー》を使える部下は五指に満たぬ。グローベックは、その貴重なひとりであった。

一キロ四方のあらゆる思考を読み取り、伝達も可能な感応者《テレパシスト》も、その〝可聴〟範囲を超えた距離からの攻撃には、手の施しようがなかった。グレイランサーはかけ替えのない部下のかた

わらに片膝をついた。
——いけませぬな
不思議としっかりした〝思い〟が伝わって来た。
——おまえは何処へ行く？
——卿よ、〝御神祖〟は正しかったのかも知れませぬ。滅びゆく身となったいま、わかるような気がいたします
——〈かりそめの客〉か
——左様。我々は不死の生命を得ましたが、私はいまこうして参ります。何とぞ、卿は私のような思いを抱かれませぬように
ふとグレイランサーは顔を上げてある方向を見た。
「命中した」
と彼は口に出して言った。二千メートルを隔てて、攻撃の成果がこの貴族には感知できるのだった。
——仇は討った。安堵して逝《い》くがよい。奥方と倅《せがれ》のことはまかせておけ
——感謝いたします。不思議と……安らかな……
少し間を置いて、グレイランサーは立ち上がった。
ケープと衣裳の外側に、灰青色の塵が固まっていた。右袖からこぼれたそれは、五指を開い

たときの形を保っていたが、吹く風にたちまち吹き散らされてしまった。

溜息をひとつついてから、衣裳を拾い上げ、グレイランサーは低くつぶやいた。

「OSB――我が家臣の生命、高くつくぞ」


OSB vs.貴族の戦闘は、百年前に遡《さかのぼ》るが、互いに驚愕したのは、その特殊能力の一致点であった。

貴族は吸血によって、他の生物を自分たちと同じ存在に変え、意のままに操るが、OSBは変身能力によって、それと同じ効果を発揮したのである。ただし、彼らは自らが他者にすり替わるという点で、貴族のごとき増殖性は持たなかった。

初期の戦いで、貴族は圧倒的優位に立つことができた。OSBの主武器はあらゆる物体を消滅させてしまうプラズマ・シズルによる原子核破壊砲であったが、無と化したはずの貴族は、平然と甦って来たのである。

OSBたちは完全に混乱状態に陥った。不死の生物、いや、消しても現われるという意味で、貴族たちは彼らの唯一の理解――再生すら超えていた。

OSBの再生とは物理的再生――原子レベルでの細胞増殖を意味したが、貴族たちの復活は別次元レベルなのであった。

原子核破壊からの再生が身に着けた衣裳にまで及ぶことに、OSBたちは驚嘆し、恐怖した。

貴族たちのケープや指輪等を手に入れ、精緻《せいち》な分析を繰り返しても、それは平凡な絹や綿であり、原始的な斬撃や打撲、銃撃による破損から瞬時に復元する特殊加工は施されていても、単なる加熱によって灰と化してしまう品でしかなかった。それが幾度灰にしても平然と現われるのだ。

　完全に混乱したOSBたちが、ようやく貴族と彼らを成立させる超自然的要素に気づいたのは、戦端を開いてから一年後、人間たちの知識に基づいて、貴族の心臓に杭《くい》を打ち込んだ瞬間であった。塵と化す身体とともに、遙かな過去に手招きする〈死〉へと崩壊していく衣裳を見て、OSBはようやく、変身した人間たちの知識にある〈伝説〉や〈呪い〉、〈神秘〉〈悪魔〉等の言葉を納得したのである。彼らの〈宗教〉にこのような概念は存在しなかった。

　陽光を浴びれば崩壊する貴族たちも、OSBが造り出した人工陽光なら平気で浴びた。白木の杭を打ち込んでも、心臓以外では効果がなかった。首を切断しても、傷口を接着すれば数秒後には生き返った。ただし、接着は十分以内に限られた。

　これらは物理的現象とは異なる超自然現象として捉えるしかなく、OSBたちの世界では、前者の領域内で統合理解せざるを得ないものであるが故に、OSBたちの原始的DNA記憶《メモリ》に作用して、彼らを震撼《しんかん》させた。

　白木の杭と鋼の刃で心臓を刺せば滅びるという絶対の知識を人間から得なければ、戦いは百年と続かず終焉《しゅうえん》を迎えていただろう。

吸収変身した人間の持つ知識がＯＳＢに与《くみ》した。人間の伝説的貴族殲滅《せんめつ》法が効果ありと知った彼らは、人間に化けて貴族に近づき、その心臓に隠し持った杭を打ち込んだのである。さらに、宇宙空間に浮かぶ母艦から発進した戦闘艦と飛行体は、貴族たちの眠る昼間、貴族たちの防禦《ぼうぎょ》シールドを破壊した上で、無数の鋼の刃を散布した。それらは貴族たちの柩《ひつぎ》を貫き、内部に眠る者たちの心臓を串刺しにした。

これに対して、貴族たちが用意した抵抗策は、〈次元シールド〉と〈精神感応者《テレパス》〉であった。人間たちの中から、他者の思考を読み取れる能力者たちが集められ、〈辺境〉に配置された。貴族の中枢がある〈都〉を無視したのは、人間たちとの接触がないに等しかったからである。

変身人間たちは、貴族に杭をふるう前に〈感応者〉たちにその殺意を読み取られ、その場で討ち取られた。

貴族たちが極秘にしていた〈感応者〉の存在が洩れるまで、ＯＳＢの暗殺計画は頓挫《とんざ》せざるを得なかったのである。

そして、いま、ＯＳＢたちは貴族たちよりも〈感応者〉を狙い、その〈可聴範囲〉外から攻撃を加えて、恐るべき〈盗み聞き屋〉を次々に始末していった。

もとから希少であった〈感応者〉たちの減少は、貴族たちにとって生死を分かつ大厄災と言えた。彼らは〈感応者〉たちを保護し、隠蔽《いんぺい》し、ＤＮＡチェックの結果、最良と判断した者同士を組み合わせ、新たな〈感応者〉たちを生み出そうと努めた。

それから百年を経て、〈感応者〉の子供たちは誕生し、死亡し、或いは殺害され、新たな生命が生まれ、そしていま、グレイランサーは貴重なひとりを失ったのであった。


彼がアルドスの村へ戻ったのは、一時間後であった。

秋の空は蒼さを増しつつあった。

寒さと、やがて来る闇に押しつぶされそうな村の広場で、村長が迎えた。

「ようこそ、無事にお戻りで」

グローベックがいないことで事態を察した村長は、笑顔とは裏腹の暗い思いを抱きつつ、恭《うやうや》しく頭を下げた。さっきまで広場を埋めていた村人たちは、グレイランサーが来たと監視塔から知らされたときに、家に戻っている。

「私が出てから、何人が村へ来た?」

「はい、四人でございます。ひとりは旅の薬商人《あきんど》、ひとりは刃物研《と》ぎ師、三人目は隣村へ用向きがあって出かけた村の者が帰って参りまして、最後はジャムシュの村まで行くという旅人でございました」

「村に留まった者は?」

「いいえ、旅の者はバーで一杯飲《や》ってから出て行きました。これは監視塔の係員が確認しております」

「畑仕事についていた者は？」

「それも、はい。少し前にみな戻ったと、知らせが来ております」

〈辺境〉の村は、野盗の侵入を防ぐべく、出入りの人数の確認を忘れない。いまはそれにOSB――〝乗っ取り屋〟が加わったわけだ。

「おまえの家に泊めてもらおう。話がある」

村長の顔はみるみる血の気を失った。

「――誰かを同席させましょうか？」

「話が済んでからにせよ」

巨軀が馬から下りるとき、濃紺のケープが美しくはためいた。


二人暮らしの家ではミチアが出迎えた。

息子は留守にしており、娘はミチアが嫁いで来た後、〈西部辺境区〉の農家へ養子に出したという。

ミチアも遠ざけ、村長と貴族は広い居間で向かい合った。グレイランサーがソファに腰を下ろしただけで、村長は息の詰まる思いがした。外はまだ陽が残っている。それが、この貴族の全身からは闇が滲《にじ》み出して、居間だけを暗く染めようとしているかのようだ。

ここで、グレイランサーは身の毛もよだつ話をはじめた。

「OSBの飛行体は二人乗りだと思っていたが、OSBの武器を調べたら、発射回数が樵たちの家族数より一度少ない。つまり、無事だった者がひとりおる」

「しかし――樵は今日、村へ来ておりません」

「村の者は畑に出ていたと言ったな」

　うなずきかけて、村長は表情を失った。グレイランサーの言葉の恐るべき意味を理解したのである。

「――まさか、樵に化けてから村の者の誰かに？」

「わからん。しかし、可能性はある。それが億分の一の可能性でも、ある以上はゼロにしなくてはならん」

「では、どうなさるおつもりでしょうか？」

「村の者に、今夜私が巡察すると伝えろ。それだけでいい。ひとり以外はみな家にこもって夜明けを待つはずだ」

「あなたは、ご自分を囮《おとり》に使って敵をおびき出すおつもりか？」

「古い手だが、すたれていないのは効果がある証拠だ」

「承知いたしました」

　村長は噴き出る汗を拭って、人の形をした濃紺の闇を見つめた。どちらがどちらを斃《たお》せば村のためになるのか、よくわからなかった。

第二章　侵入者殲滅

1

三人目のＯＳＢは、四軒の樵《きこり》一家の誰かに乗り移ってアルドスの村へ急ぎ、畑仕事に精を出していた村人の誰かを吸収して変身を成し遂《と》げた後、平然と村へ戻った。外見、知識ともに本人そのままだから、家族といえど看破できるはずがない。

だが、逃亡先、潜伏先はアルドスの村とは限らない。五十キロも進めば、〝氷河人〟の棲《す》む村があるし、ベネヴの大河に出て、船に乗ることも可能だ。

グレイランサーが戻ると判断したのは、ＯＳＢが乗り移る前に村へやって来た樵のベージュロに、ミチアがグレイランサーの来訪を告げたと告白したからである。

全〈辺境区〉にその名を轟《とどろ》かせる大貴族に変身すれば、〈都〉の中枢へ乗り込むことも可能だ。敵はそのために生命を懸けるに違いない。

闇が落ちると同時に、グレイランサーは村長宅を出た。

通りを歩き出すと、家々の窓から覗《のぞ》く眼がその全身に集中する。

広場へ出た。

街灯も点っていないが、満月に近い中天の月が、井戸や石の演説台を仄《ほの》青く浮かびあがらせている。荷車が数台、西の端に止まっていた。

耳障りな鳴き声が、グレイランサーを仰向かせた。

月輪を数羽の鳥影が横切った。〝夜旅鳥《よたびどり》〟である。夜のみ渡りを行う黒い鳥はグレイランサーの周囲に舞い降りると、地面に焼きついた四季大樹や家や荷車の影を鋭い嘴《くちばし》で突つきはじめた。

この地方では、夜落ちる影の下に地中の虫たちが集まり、夜旅鳥はそれを求めて嘴をふるうのだが、その姿が影をついばんでいるように見えるため、別名「影食い」と呼ばれる。

糸のような虫を嚙み取る鳥たちを少しの間凝視して、グレイランサーは、

「『影食い』の狙う影が、私には無しか」

とつぶやいた。

貴族の足下には永遠に影が落ちないのである。

「夜はまだ長い。ＯＳＢが短気者だといいが。返すがえすもグローベックを失ったのが痛いぞ」

愚痴《ぐち》である。しかし、この男の口を出ると、何もかも一言《いちごん》肌を裂く酷評に聞こえる。これは自分へ向けたものだ。

「いい月だ」

彼は月光をふり仰ぎ、すぐに歩き出した。

歩き出しても音はしなかった。虫をついばむ鳥さえ気づかないのである。

広場からの通路は東西南北にあるが、彼は西の出口へと向かった。

荷車のかたわらを抜けて通りへ入った瞬間、いちばん近くの荷車がみるみるその輪郭を崩した。

グレイランサー目がけて跳躍したのは、荷車の色をした粘塊であった。

跳躍は気配を生じさせた。グレイランサーの巨軀《きょく》が右へ廻った。想像もできぬスピードであった。

右手には、昼間斃《たお》した妖弓師から取り返した長槍が握られていた。円錐《えんすい》に湾曲面《カーブ》をつけたような穂が粘塊を打ち、通路の石壁に叩きつけた。敵は万物に変身するのだった。

槍の穂がわななく粘塊に向けられた瞬間、突然、それは中央部から石壁に吸い込まれた。石壁に穴が開いていたのである。

「ちい」

と放ちつつ、巨漢は石壁を長槍で突いた。

表面で爆発でも生じたかのように四散した壁の跡を通り抜けたグレイランサーの眼に、五十メートルも先を移動する粘塊が映った。

突然、その姿が変わった。近くにいた何かに変身したのである。月光の下を黒い猫が五十メートルばかり向うの、光が洩れる建物へと走って行く。信じがたい速度《スピード》と動きであった。OSBは変身した生物の能力を倍以上に増大させるのだ。

紫光《しこう》が闇を裂いた。

長槍の穂先から放たれた粒子ビームである。それは猫の尾をかすめて、地面に直径五メートルもの大穴を穿《うが》った。月が求める静謐《せいひつ》にふさわしく、音はしなかった。

猫が建物の戸口から内部《なか》へ飛び込むのを見届け、グレイランサーも地を蹴った。

ドアの前まで駆けつけると、陽気な音楽が耳朶《じだ》を打った。看板を見るまでもなく、〈辺境〉の村には必ずある二十四時間営業の酒場《バー》に違いない。

店内は満員の状態であった。

グレイランサーを見た途端、客たちとカウンターの向うの親父兼バーテンの顔が、酒と煙草臭い空気ごと凍結した。

誰かが何か言うより早く、

「動くな。いま、店内《ここ》にいない客はいるか？」

グレイランサーの眼は、店の奥と左横のドアに向けられている。奥のドアは従業員の部屋で、左のドアはトイレへの通路だった。

テーブルの上には、〈辺境〉で流行《はや》りの「貴族狩りゲーム」の地図と、コインや博打用のカードとチップがひしめいていた。大貴族の妖気に打たれてか、ゲームを隠そうとする者もいない。

「ふたり」

と親父兼バーテンが応じた。硬い声であった。震えるのが普通だが、それを通り越してしまったのである。

「女房が奥へ着替えに。もうひとりはトイレです」

「みな、右隣を見ろ。これまで一緒にいた者ならば、右の窓辺へ寄れ。違う顔なら右手を上げろ」

五秒としないうちに、親父を除いた全員が窓の前に集合した。中にはナイフや火薬短銃で武装した者もいるだろうに、それに触れようとの考えも浮かばず、みな、グレイランサーと同じく二つのドアを見つめた。

逃げた、とグレイランサーは思わなかった。さっきの一撃は、それなりの痛手《ダメージ》を与えているはずだ。また、本物の貴族を前にして、敵前逃亡に走るヤワな敵とも思えなかった。

客たちを解放しないのは、彼らの中にいないとも限らないという可能性があるからだ。

先に奥のドアが開いた。

細身の中年女が派手なコルセットにフレアスカートを着けて現われ、店内の異常さに気づいて立ちすくんだ。

恐らくはその脳も無視して口だけが、

「き、きぞく」

と放って閉じると同時に、左の戸口から十代半ばと思しい若者が抜け出て、これまた石と化した。

「グレイランサーさま」

と親父が夢中で唇を動かした。

「こっちは女房に間違いありやせん。そっちの坊主は——倅《せがれ》です。誰をお捜しかは存じませんが、どっちも無関係でございます」

それが大貴族の耳に届いたかどうか、店内に、

「二人とも裸になれ」

鋼《はがね》の低声が鳴り響いた。

誰ひとり、何をもってしても逆らえぬ貴族の命令であった。亭主兼父親さえ請願の声を失ったのである。

女も若者も、自分たちの身に何が起きているのか知りたかったに違いない。何もわからなかったに違いない。だが、二人は言われるままに、コルセットの色紐《ひも》をほどき、シャツのボタン

を外した。

豊かな乳房と、引き締まった上半身がガス灯の下にさらけ出されても、不埒《ふらち》な考えを抱く者はいないと、村人たちの眼が訴えていた。

「手を外せ」

とグレイランサーは命じた。

乳房を隠していた女の手が離れると、

「廻ってみろ」

二人は一回転した。

ようやく、客たちの顔と眼に怒りが滲《にじ》んで来た。彼らは去勢された家畜ではなかったのだ。

「下も脱げ」

と命じたとき、ひとりが

「やめろ」

と叫んで立ち上がりざま、手にした火薬銃をグレイランサーに向けた。

その肘《ひじ》を長槍の柄が稲妻のごとく打つと、男の腕はそこから外れて、右方の壁にぶつかった。

このときまで男が苦痛の表情も浮かべず、ようやく噴出した血潮が周囲の客たちに紅い花びらのように降りかかってから失神したのを見れば、グレイランサーの一撃の速度がわかるだろう。

〈辺境区〉では様々な怪事が起きる。このとき生じたのも、グレイランサーでさえ予想し得なかったそのひとつかも知れない。

銃声が鳴った。

ちぎれた男の腕が握ったままの火薬銃が、激突のショックで暴発したのである。

弾丸は裸女の右の乳房を貫き、背中まで抜けた。

凄まじい沈黙が店内を支配し、次の瞬間、女は崩れ落ちた。

「ママ⁉」

と叫んで若者が駆け寄る。

全員が見た。

女の首がぎりりと一回転するや、自らちぎれて、グレイランサーめがけて野獣のごとく躍りかかったのだ。

田舎女の好人物らしい形相はそのまま、野獣の牙《きば》を剝《む》く口腔《こうこう》の奥に、緑色に光る単眼が見えた。

その口腔へ突き込まれた槍の穂はぼんのくぼまで貫き、首の速度と相俟《あいま》って前進、ついに粉砕してしまった。

客たちが悲鳴を上げた。

飛び散った肉片や骨や眼が、空中で灰白色の粘塊に変わるや、彼らの頭部や顔や手に貼りついたのである。

だが、それは奥で若者が見つめる母の胴体と同じく、彼らの肌の上で空しく痙攣《けいれん》し、すぐに動かなくなった。蒸発するまで時間はかからなかった。

「邪魔をした」

グレイランサーは身を翻《ひるがえ》した。この店も客たちも、女に化けたOSBも、化けられた女も、そして、この村自体も彼の関心から去っていた。

壁のような背を覆うケープに小さな穴が開き、すぐに消えた。この貴族の衣裳《いしょう》は、破損してもすぐに正常時の記憶を取り戻し、瞬時に自らを修復するのであった。

グレイランサーはふり向き、両手に火薬銃を構えて立つ若者を瞳に映した。紫煙を吐く銃口は大きく震えていた。

「よくも――よくも――ママを……」

若者は泣きじゃくっていた。呼吸《いき》をするたびに、新しい涙が頰を伝わった。

悲痛なる激情に応じる声は冷ややかであった。

「私が処分したのは、おまえの母ではない。わからぬか？」

「そうだ、よせ、リンゴル」

カウンターの向うで父親が叫んだ。彼だけは一家を襲った恐るべき過去と、そして未来を予想していたのである。

「領主さまのせいじゃない。落ち着くんだ！」

「貴族、貴族、貴族――その名前がママを殺したんだ。貴族さえ村へ来なければママは――」

まだ射つつもりはなかった指に、激怒が力を加えた。

銃口が吠えた刹那、銀色の穂先がその喉《のど》を貫いた。何のためか、グレイランサーはそれにひと捻《ひね》りを加えた。少年の首は無惨な傷痕を留めたまままちぎれ飛び、客たちの間に落ちた。

絶叫が迸《ほとばし》った。

突き出した長槍を手に、グレイランサーはふたたび歩き出した。

その背後で、幾つもの憎悪が立ち上がり、それぞれの武器を構えた。

「身の程知らずが多すぎるようだな」

去りゆく後ろ姿の声には、憎悪さえ凍らせる力があった。

「OSBの侵入が確認され、二十四時間以内に処分できなかった場合、侵入地点を中心に千キロ以内はコロナ砲の標的となる。私はまだ処分の完了を〈都〉へ伝えておらん。ベージュロとやらがOSBの落下を目撃したのは、昨日の夜明けだ。これからどうあがいても、逃げられはせんぞ」

声の余韻と声の主が闇に溶けても、客たちは長いこと動くことができなかった。

数分後、ようやく呪縛《じゅばく》を解いた彼らのある者は、新たな憎しみと悲哀に身を震わせ、またある者は、二人の犠牲で村の安全が保たれたことを、幸運と思いはじめていた。

2

酒場を出ると、グレイランサーは真っすぐ村長宅へと向かった。すぐにもこの村を去るつもりであった。

村人たちの憎悪の凝塊《ぎょうかい》など気にもならなかった。人間そのものに関心などなかったのである。彼は〈辺境区〉管理官としての務めを果たしているに過ぎないのだ。正直、人間と口をきくことさえ我慢ならなかった。

〈辺境区〉の管理官は世襲ではない。

〈都〉の最高決定機関〈枢密院〉から直々その任務を言い渡されるまで、彼は次期〈枢密院〉選抜は間違いなしと言われる〈準院〉のメンバーであった。

家柄と実力と実績のどれひとつが欠けても〈枢密院〉どころか〈準院〉すら不可能とされるエリートの階段を、彼は誰に危ぶまれることもなく易々と昇って来た。

〈貴族《アリストクラート》〉グレイランサー。

貴族が貴族を呼ぶとき、決してつけないと言われる称号を自然に朋輩《ほうばい》たちの口の端《は》に上らせるのは、貴族内の反神祖派をことごとく殲滅《せんめつ》して来た実力と実績によるものだ。

貴族暦二〇〇四年、人間の根絶やしを主張する〈真なる貴族世界〉派は、人間のＤＮＡに選択的に働く放射性物質の世界一斉散布を企んだが、その前夜、彼らの本拠地へ乗り込んで陰謀派全員を滅殺《めっさつ》し、暗黒の企みを水泡に帰せしめたのは、弱冠X歳の戦士グレイランサーであった。

また同じ貴族暦三〇五二年、〈真なる貴族世界〉から派生し、それを遙かに凌《しの》ぐ規模を有することになった〈反人間同盟〉は、〝神祖〟暗殺を計画、実に一千年をかけて実行に移そうとした。その二百年後、計画のすべてをひと月足らずの捜査で暴《あば》き、〈枢密院〉の高位に存在する首謀者の胸に、自らの滅びを懸けて白木の杭《くい》を打ち込んだのも、猛将グレイランサーであった。

そしてなお、貴族暦三〇七一年、〈辺境区〉の人間たちが史上に残る大暴動を起こしたとき、〈都〉の貴族軍団の先頭に立って彼らを蹴散らし、煽動した地方貴族たちをことごとく討ち果たしたのも、彼――〈貴族〉グレイランサーであった。

貴族の栄光を体現するこの大貴族が、何故、一〈辺境区〉の管理官に降格されたかは、それを命じた〈枢密院〉にも不明とされている。

グレイランサーはしかし、ひと言の不満を述べることもなく下命を受け、最も信頼する臣下たちとともに〈都〉を旅立った。その日、〈都〉から去る街道には、一万人近い貴族たちが並んで悄然《しょうぜん》と見送ったと言われる。

〈辺境区〉での人間に対する施政は温和かつ苛酷を極めたが、彼が人間を存在物とみなさぬのは、この一事のせいではなく、彼自身に内在する性格によるものであった。

はっきり言えば、人間という存在が理解できないのである。ほとんどの貴族にとって、彼らは、その体内を流れるあたたかい血によって生存を許されているやや高級な虫けらに過ぎなかった。

人間の存在に関わる一切に興味を示すのは一部の碩学《せきがく》でしかなく、ほとんどの貴族たちは、思考の一部を彼らに向ける場合は、美味なる血に対するものに限られていた。グレイランサーもそのひとりであった。

人間の臭いと牛馬、羊鶏の糞にまみれたちっぽけな村に用はもうなかった。

彼は村長の家に行っても、真っすぐ馬屋へ向かった。

そこでよろめいた。

理由はわかっていた。昼間、妖弓師から受けた矢の効果が、ついに体力の限界を越えたのだ。鉄の矢傷は伝説どおり生命には関わらぬとはいえ、不死身の肉体を灼《や》き、腐敗させ、地獄の苦痛を与え得る。眉ひとすじ動かさずそれに耐えた大貴族の剛毅《ごうき》こそ怖るべし。

すでに馬屋の内部であった。

村長家の馬車やサイボーグ馬とは離れた貴族用の囲いの中に、二頭の馬がつながれていた。片方の主は、その背に乗せられた衣裳のみであった。

立ち上がり、そちらへ二歩進んで、グレイランサーはまたよろめいた。

その顔に漲《みなぎ》る凄まじい怒りが、死をもっても贖《あがな》い難い屈辱を表わしていた。

手足の生えた石が動くように、グレイランサーは、上体を片膝で支えた。

小屋の戸口から息を呑む音が聞こえたのは、そのときだ。

足音が小走りに近づき、肩に白い手が乗った。

「女よ、見たな」

助けが入った礼でも、喜びの表現でもない。凄惨な冷気に満ちたグレイランサーのひと声であった。

駆け寄った者が硬直する気配があったが、すぐに、

「見ました」

と返事があった。そこに秘められた決意が、グレイランサーの殺気を動揺させた。

「ですから、お助けいたします」

「村長の妻か？」

「ミチアでございます」

「余計な手出しは許さぬ」

「存じております。ですが、これは私のお礼でございます」

「礼？」

巨人はぎりぎりと音を立てて、女を見ようと首をねじ曲げた。

白い顔が微笑んでいた。

「礼とは何だ?」

「お知りになりたければ、家へ」

「ならぬ。そこへ行け」

彼は顔を戻して、前方のカロリー・ウィーズの山を眼で示した。全体の形も色も昔ながらの干し草風だが、サイボーグ馬のエネルギーの基になる人工植物である。

支えの足に力を入れて、彼は立ち上がった。鳩尾《みぞおち》が火を噴くようであった。

左腕を支えている女の手を、彼は乱暴にふり放した。その勢いで女は五、六歩後じさったが、かろうじて姿勢を維持し、ためらいもせず大貴族に近づいた。

また腕が巻かれた。もはやそれをふりほどこうとはせず、グレイランサーはカロリー・ウィーズの山まで歩き、そこに身をもたせかけた。植物の山は細い骨の砕けるような音を絶え間なく立てつつ巨軀の下でつぶれ、分厚いベッドと化した。

ミチアは位置を変えて彼のケープを大きくかき開き、鳩尾の傷を見つけた。黒い血の染《し》みは、緑と金色の刺繡《ししゆう》を縫い込んだ上衣の下から、下方に広がりつつあった。

ミチアはすぐにうなずき、

「少しお待ち下さい」

と立ち上がった。

「待て。何故《なにゆえ》私がここへ来るとわかった？　外で見ていたわけではなかろう」

「ずっと小屋のかたわらでお待ちしておりました。私の知っているグレイランサーさまなら、必ず人間に別れなど告げず、ここへいらっしゃると」

「おまえが私を知っている？」

「左様でございます」

女は優しい眼差しでうなずき、素早く身を翻すと、戸口へと走り去った。

十分足らずで戻って来た女は、肩から白い医療ケースを提《さ》げていた。

貴族の傷に人間の薬は役に立たない。だが、ミチアは薬品を底板ごと持ち上げた。ケースは二重底であった。下から取り出された品を見て、グレイランサーの眼が光った。

紅いビニールの塊は乾燥血液に違いない。こんなものが見つかったら、その家の者はことごとく、貴族の下僕《しもべ》として磔刑《たっけい》に処せられる運命だ。だが、真に驚くべきは、次にミチアが取り出した冷凍剤に覆われたプラスチックの円筒であった。

白い煙を吐く円筒の蓋《ふた》を外すと、甘美な芳香が貴族の鼻孔に忍び込んで来た。

「それは」

「私の血でございます。いつかお眼にかかったとき、ご賞味いただきたいと少しずつ」

「貯めておいたのか？」

グレイランサーは未知の生きものを見るような眼つきで、美しいとさえ言える村長の妻を眺めた。

「はい」

「確かに、私が傷を癒《いや》すには人間の生血《いきち》が最良の薬だ。だが、こんなものが見つかったら」

「その場で八つ裂きにされましょう。でも、私は自分の手首を切って、これだけを貯めました。地下の冷凍庫には、十七年に亘《わた》って貯めた生血が保存してございます」

「なにゆえそんな真似をした？　私への礼とはどういう意味だ？」

それは後でとミチアは伝え、すぐにお飲み下さいませと、手渡して背を向けた。

「もう癒《い》えた」

グレイランサーの声に彼女はふり向いた。大貴族の唇は真紅に染まり、左の端からひとすじの血の糸が顎《あご》先に垂れていた。

グレイランサーがそれを手の甲で拭う前に、ミチアは顔を背《そむ》けた。

「美味い血だ。だが、味の記憶はない」

「あれば、私はあなたの下僕と化しておりましょう。人の妻になど迎えられてはおりません」

「わからぬ」

「もう十と七年も前――と申し上げても、あなたさまには意味がございませんね。私は十五という年齢《とし》でございました。夏のある日、私の通っていた学校が、蒸気バスでの近郊見学を企画いたしました」

ミチアは、グレイランサーの手元から半ば飲み干されたケースを引き取って箱の底へ仕舞った。追憶が甘美なものだと、遠い眼が告げていた。

見学は天候とバスの調子のよさが嚙み合って、予定の倍の距離――〈西の森〉まで進んだ。思い出に花を摘《つ》み、食用植物を採集しているうちに気がつくと、西の夜が夕暮れを煙のように吐いていた。

添乗《てんじょう》の教師は蒼白となった。生徒全員をバスに乗せて村へと走り出した後、ひとりの娘を置き去りにしたことに気がついたのである。

「それが私でした。みなと離れて気がつくと、古いけれど立派な墓地の廃墟にいたのです。そこは破壊され尽した場所でございました。墓石は倒れ、その表面の銘は削り取られて読めず、墓所全体に、ガソリンをかけて燃やした痕《あと》が残っていました。随分と昔にあったという村人たちの反抗の日々――その際に毀《こぼ》たれた貴族の墓に違いありません。ですが、納棺堂の扉だけは、破壊の試みにも傷ひとつついておりませんでした。何と不気味な、でも何と美しい墓地だったことでしょう。いまとなれば、破壊される前に最も美しい数学的比率に基づいて整えられた場所だとわかりますが、当時の私は悪意に踏みにじられた美しさの名残りに気がついて、感動のあまり立ち去れなかったのです」

ミチアは別のことにも気がついた。いつの間にか闇が自分を取り巻き、仲間たちは遠く去ってしまったということに。

恐怖が全身を抱きしめた。バスの方へ駆け出そうとして、ミチアは背後で何か重いものが動く音を聞いた。ふり返らなくても、納棺堂の扉だとわかっていた。そこから何か脱け出して、自分の背後に立ち尽していることも。

腐敗した土の匂いが鼻を衝《つ》いた。脳まで侵されて、ミチアは半ば失神状態に陥った。崩れかかるその身体を冷たい腕が抱き止めた。

耳のそばで、

「ナントアタタカイ。サゾウマカロウ」

と聞こえた。

3

「オオ、テノユビヲキッテオル。クサノハノシワザカ。オカゲデワシノメモサメタ。オオ、ワズカナイノチノセイガ、コノカラダヲマンマントミタシテオル。マズハノドシメシヲサセテモラウゾ」

腐敗土の匂いが首すじに近づいた。

待て、という声がかかったのはその瞬間だった。

「その声は、私の頭の中に冷たく、けれど力強く響き渡りました。その瞬間、私は背後の存在の呪縛から逃れられたのです。

『それは私の領民だ、ジョイスロン卿よ』

と、新たな声の主は言いました。そして、こう続けられたのです。

『私の名はグレイランサー。あなたの次の領主だ』

あなたの御名《みな》が、私の胸に灼きつけられた最初でございました。

『シッテイルゾ、ぐれいらんさー』

と背後の声は返しました。

『ハカノナカニイヨウトモ、トキノナガレハワカル。オマエノヨウネンキカラ、ワシハシッテイタ。ジャマヲスルナ』

『あなたは領民の反抗を許したとき、管理官を罷免《ひめん》されている。私の領民に手を出せば、私はその娘を守らねばならぬ』

『キゾクガニンゲンヲマモッテ、キゾクヲタオストイウカ』

『それが貴族であろう』

背後のものが頭上を越えて救い主に躍りかかるのを、私は感じました。その描いた軌跡を追った先で、異様な――けれどよく知った音が上がり、私は黒いケープをまとった背中から突き出した槍の穂先を見たのです。次の瞬間、背中の主は塵《ちり》と化して地面に崩れていました」

闇の中に、それよりも濃い人影と、右手がのばした長槍らしきものが見えた。それは闇全体を貫くかのように凶々《まがまが》しく、しかし、堂々と虚空《こくう》に挑んでいた。

ミチアは声も出ず、身じろぎひとつできなかった。

恐怖から彼女を救ったのも、やはり恐怖であった。だが彼女の胸を占めている感情は、怯えよりも恐怖よりも感動であった。

グレイランサー――それは、現領主の名前ではないか。

周囲の人々は彼を悪鬼と呼び、冷酷残忍な所業の伝説をあげつらわずにはおかない。ミチアもそれを信じていた。

それなのに、いま眼の前に山のごとく動かぬ影は、何とたくましく、強く、激しく、そして、優しいことだろう。

呪《のろ》われた死から救われた――それまでの先入観が激しすぎたが故に、ミチアの価値観は完全に逆転してしまったのであった。

驚くべきことに、彼女は恋に落ちた自分を知っていた。

「無事か？」

と影が訊いた。鋼のような男の声であった。

「はい」

意外なほど、はっきりした声が出た。

「ならばよし。行け」

「私、置き去りにされたみたいです。もう誰もいません」

それから自分でも眼を剝《む》くようなことを口にした。

「アルドスの村まで送っていただけませんか？」

「私を知っているか？」

「はい。〈北部辺境区〉管理官、グレイランサー卿でいらっしゃいます」

どこかうっとりした声だと思った。

「それを知って送れと申すか？」

「はい。さっき、私たちを守らなければならないと仰《おつしや》いました」

影は沈黙した。その巨軀の内側で表現できない何かが巨大な渦《うず》を巻いているのが、ミチアにはわかった。

やがてそれは熄《や》み、渦は滑《なめ》らかで冷たい鋼に戻った。

「よかろう。だが、誓え。これからのことは決して誰にも口外はせんと」

「誓います」

ミチアは即座に返した。それから、

「どうして？」

とつけ加えた。

「問うな」

声は地鳴りのようにミチアの心臓を揺らした。

「わかりました」

ようやく少女は、自分の交渉相手が、まぎれもない貴族であることを理解した。

「それから、あなたは先に立ち、私は後について森を出ました。そこには月の光の下でもわかる黄金と鋼でこしらえたひとり乗りの馬車――いえ、戦車があり、あなたは私をそれに乗せて村まで送ってくれたのです。あなたのかたわらで戦車にゆられている間、私はとてもあたたかい気持ちでした。夜鳴く凶鳥《まがどり》も、呪詛《じゅそ》を繰り返す風も怖くなかった。このままずっと、地の果てまでも行きたいと思いました。涙を流したのは、村の入口で私を下ろし走り去るあなたを見送っている間でした。その間、私は死んでいたのです」

娘時代の一事件を、ミチアは静かに、しかし、情熱をこめて語り終えた。

反応はすぐにあった。

「知らぬな」

鋼の声であった。鋼には、よじ昇って乗り越えるための手がかりひとつない。なら、梯子《はしご》をかけるしかなかった。

「私は覚えております。それで十分でございます。私を村の入口で下ろしたとき、あなたは、忘却せよと言って去りました。皮肉でしょうか、私はそのひと言を忘れられなかったのです」

ミチアの眼に光るものがあった。

「昔のことだ」

とグレイランサーは切り捨てるように言った。

「だが、おまえの血は確かに熱くて美味であった。おかげで復活したぞ。だが、こうなると、もう少し欲しくなった」

「なら、これを」

円筒にかけたミチアの手に、青白い貴族の指が絡みついた。鋼線の食い込むような痛みに、ミチアは凍りついた。

「何故、古いものの名残りに口をつけなくてはならぬ？　こゝに生命に溢《あふ》れた熱い流れが滔滔《とうとう》とあるものを」

ミチアは抱き寄せられた。

「私の眼は、おまえの血の管のすべてが夢想できる。私の耳は血の流れが聞こえる。そして、私の口はそれを呑み尽したがっておる」

「……ご領主さま……」

ミチアは呻《うめ》いた。貴族の眼に隷属を欲する意志をこめて凝視されると、犠牲者は例外なく恍《こう》惚《こつ》の表情を浮かべる。ミチアの瞳は濡れた靄《もや》に煙り、半ば開いた唇からは熱い吐息が洩れた。

だが、グレイランサーには、彼女が例外だとわかっていたかも知れない。呪縛された犠牲者が恍惚の虜《とりこ》と化してなお逃れられぬ嫌悪と恐怖が、この女にはないのだった。

「……お待ちしておりました。このときを」

ミチアの声は喘《あえ》ぎであった。

「何処へでもお連れ下さい。何者にもお変え下さい。あなたさまの手にかかってそうなるのが、私の願いでございました。十五のときに救われてからずっと」

熱い肢体が自らをその胸もとに投げかけたとき、グレイランサーは明らかにとまどった。剛勇無双の戦士のはじめての体験は、前代未聞のものであった。〈口づけ〉を受ける寸前に人間たちが見せる隠しようのない怯えこそ、吸血の醍醐味《だいごみ》であった。それが自ら進んで身を投げ出すとは。

彼は女の顎に手をかけ、その顔を覗き込んだ。

「これまでおまえたちの仲間は、私の眼を見、意志を失っても怯えた。おまえにはそれがない。怖くはないのか、私が？」

「いえ」

ミチアは夢を見ているような表情で応じた。声も夢の世界の響きを放った。

「あなたがいなければ、私は十七年前にあの森で別の私になっておりました。あなたに救われた生命でございます。あなたのお好きなようにお扱い下さい」

見つめるグレイランサーの眉が寄った。

「――泣いておるのか？」

「わかりません」

もうひとつ、光る珠がミチアの頬を滑った。

「私にもわからん。泣くという行為がだ。貴族は涙を流したことがない。私もそうだ。だが、人間が泣く理由は二つと聞いておる。恐怖と悲しみだ。怖くないのなら、悲しいのか？」

「いいえ」

ミチアは首をふった。

「悲しくて泣いたのは、生まれてすぐだけです。それから泣いたことはありません。〈辺境〉の人間はみな同じです」

「何故だ？」

「生きるためには、泣いている余裕などないからです」

このときだけ、ミチアの眼の光は貴族を凌いだ。

「生まれた子供の半分は、ふた月も保《も》たずに死んでしまいます。また、この土地からは食料も人々が生きるのに必要な量の十分の一も採れないのです」

「〈都〉の〈管理局〉からの補充があるはずだ」

グレイランサーの口調が変わった。〈北部辺境区〉の管理は彼の責任であった。

彼を見るミチアの眼に、はじめて虚無の色が広がった。

「ご存知ないのですね？」

「何をだ?」

「〈管理局〉からの食料の補充は、どの村でも一週間しか保ちません」

「莫迦《ばか》な。おまえたちが飢えることは絶対にないはずだ。私はまずおまえたちの保護を考えている」

「あなたがお届け下さるわけではございません」

「中間搾取《さくしゅ》か? まさか、私の家臣が」

彼は頭をふった。双眸《そうぼう》に凄まじい光が点りはじめた。

「――泣くこともできぬほど辛い現実の中で、おまえはならば、何故涙を流すのだ? それに――」

彼は次の言葉を呑み込んだ。ミチアの顔には微笑が広がりはじめていた。

「泣く理由はもうひとつございます」

声は明るく照れくさそうであった。

「――それは?」

尋ねる声は重く、生真面目だ。

その首に白い腕が巻かれた。

これは奇蹟の瞬間というべきであった。

貴族の眼に呪縛されぬまま、貴族の下僕たることを望まぬ人間が自ら貴族を求めるとは、史上何処にも例がない。

「涙を流す理由《わけ》は――」

ミチアの声はそこで絶たれた。グレイランサーが小屋の戸口を向いたのだ。

「どうかなさいましたか？」

「来てはならぬ者が来たの」

グレイランサーはミチアの手を摑んだ。

それを引き離す前に、人影が四個、小屋の内部に散らばった。

「ミチア、何をしている？」

炎が地を這《は》うような怒りを抑えた怒号は、村長のものであった。

さすがに手を離したミチアは、しかし、離れようとはせず、グレイランサーの膝に身を崩した。

「おまえは……ご領主さま、これはどういうお仕打ちでございますか？」

老村長の身は激しく震えていた。

残る三人のうち二人は使用人らしいが、もうひとりに見覚えがあった。

先刻、酒場で最も強烈な敵愾《てきがい》の視線をグレイランサーに当てていた男だ。

「ご領主さま……これは……一体？」

村長の声に絶望と驚愕以外の感情がこもって来た。

第三章　〈枢密院〉の決定

1

　グレイランサーは立ち上がった。弁解などしない。この瞬間、彼は下賤《げせん》な人間を統《す》べる領主と化していた。

　侮蔑と怒りの波が、電撃のように侵入者を貫いた。彼らは後じさり、二人は尻餅《しりもち》をついてしまったのである。

「戸は開いていた。ノックも掛ける声もなしだったのは許そう。私はこのまま去る」

　ミチアに眼もくれず、彼はサイボーグ馬に近づいた。

「ご領主さま」

　村長とは別人の若い声であった。グレイランサーはふり向きもしなかった。

「お見せしたいものがあります」

怯えの中に奇怪な自信を感じて、彼はふり向いた。

凄まじい悪寒と恐怖が、不滅の心臓を杭《くい》のように貫いた。

頭に包帯を巻いた二十歳《はたち》前後の若者が突きつけているのは、錆《さ》びた鉄の十文字《クロス》であった。

おお⁉　とどよめきが上がった。村長を含めて四人に過ぎないが、それは一師団の雄叫《おたけ》びのごとき迫力と実質を備えて、小屋中にどよもした。

「やはり、効いたか。おれは古い宗教施設らしい跡をぶらついていたとき、隠されていた古い本を見つけた。そこに書いてあったとおりだ。貴族は十字架《クルーシフィクス》――乃至《ないし》、十文字を怖れる、と」

彼は背後の仲間にうなずいてみせた。

不幸なことに二人は腰を抜かしていた。手にした杭とハンマーは、興奮のせいか激しく震えていた。

「何をしている⁉　早くしろ！」

若者は顔中を口にして叫んだが、効果は上がらなかった。

「――村長、村長よ」

グレイランサーは歯ぎしりした。呻《うめ》きとしか聞こえぬ声に含まれた怒りの凄まじさに、この下克上に一枚噛んでいる村長も凍結した。彼は若者から、十字を突きつければグレイランサーといえど失神すると聞かされていた。しかし、眼前の貴族は顔こそ背《そむ》けたものの、失神どころか震えも倒れもせず、山のようにそびえているではないか。

その耳に、呻きは雷鳴のように轟《とどろ》いた。

「何をしているか、承知だな？」

「わ、わ、わかって、い、いるとも」

歯はがちがちと鳴った。それは、分不相応なことをしているぞ、と村長を糾弾《きゅうだん》していた。

「こ、これは人間の――人間の――人間のための――ための行動だ――歴史に残る、日だ。人間は、今宵《こよい》を嚆矢《こうし》として貴族に反抗の狼煙《のろし》を上げるのだ」

最後がすらすらと迸《ほとばし》ったのは、慣れて来たからではなく、破れかぶれに取り憑《つ》かれたせいだ。

この間に、若者は鉄十字を掲げたまま不甲斐《ふがい》ない同志のひとりに駆け寄り、杭とハンマーを奪い取った。

「父さん」

村長は、これでおしまいだ、と思った。

「ほお、倅《せがれ》か？　確か娘もいると申したな」

グレイランサーの声に嘲りと静かな恫喝《どうかつ》が加わった。それは村長のみならずその一家全員に、そして、現在《いま》だけではなく未来にまで及んでいた。

村長の胸もとに、二つの凶器が押しつけられた。

「父さん、これであいつの心臓を刺せ」

杭とハンマーは激しい音をたてた。村長の全身が震え、二つがぶつかったのである。

「父さん」

村長は震えつづけた。

「じゃあ、これを持って。おれがやる！」

若者は腑抜《ふぬ》けの父の手を摑んで鉄十字を握らせ、杭とハンマーと交換した。

グレイランサーめがけて一歩踏み出そうとしたとき、はじめてミチアが加わった。

「やめて。ラノクやめて。この方は、この方は――」

「聞きたくない」

と息子、ラノクは叫び返した。

「あんたはいい母さんだった。前の母さんみたいに、言うことを聞かないからとおれたちを殴《なぐ》ったり、冬のさなかに外へ追い出したりしなかった。優しくて厳しかった。それが母親の資格だ。おれもレティーシアも、あんたこそ本物の母親だと思ってた。それなのに――それなのに、自分から貴族に抱かれようとするなんて。裏切り者。おれとレティーシアと父と友人と村と〈辺境〉と人間社会の裏切り者。レティーシアはもういなくて幸せだった。貴族を殺してから、あんたも死ぬ」

闇を悲愴な色に塗り替える言葉であった。

ラノクは駆け寄ってグレイランサーの胸に杭を当て、ハンマーをふりかざした。

その身体に横合いからミチアがぶつかったのである。

二人はもつれ合いながら回転し、それが四回に達したところで地面に倒れた。

サイボーグ馬が一斉に嘶《いなな》いた。

「村長」

とグレイランサーが一喝した。

「十字《クロス》を下ろせ！」

霹震神《はたたがみ》に打たれたかのように、村長は従った。

同時にグレイランサーの右手が弧《こ》を描いた。

忽然《こつぜん》と現われた長槍の一閃、と言うのはたやすい。だが、その穂は三メートルを超し、柄は五メートルにも伸びた。

穂の先が停止したのは、立ち上がったラノクではなく、まだ腰を抜かしたままのその友人の喉《のど》もとであった。

死相と化した若い顔へ投げかけた領主の笑みは、慈悲深いとさえ言えた。彼は反抗者の方を見ずに言った。

「ラノクと申したか。私は領主として、自らの範《のり》に従いこの地を治めて来た。おまえたちへの認識は他の貴族と変わらん。だが、他の者どものように、守ると言って獣も妖物も棲《す》めぬ荒地へ放置したり、自らの都合に合わせて虫のごとく殺戮《さつりく》したりはせぬ。だから、おまえたちにも要求する。絶対の忠誠を。それは簡単なことだ。私に背くな、言を返すな、偽るな。そして、刃を向けるな——これだけを守れ、と私は赴任《ふにん》後に告げ、ことあるごとに繰り返して来た。それ以来、おまえたちは平穏に暮らして来られたはずだ。平穏な生——それこそ、おまえたち人間の望みではなかったのか？」

「おまえたちに支配され、お恵みのように食いものを投げ与えられるのが、平穏か？　もしもそうなら、それは生ですらない。おれたちは生きている。だが、おまえたちの支配下にある限り、死んでいるのと同じことだ。死を生きて何になる？　それは、おまえたちだけで十分だ。生ける死者《リビング・デッド》ども、呪われた吸血鬼ども、青い血が巡る奴ら！　この星は、熱い血が流れる人間のために生まれたのだということを思い知らせてくれる」

　ラノクは叫んだ。

「ヘンドリー、誇り高く死ね」

「ほお、ああ言うておるぞ。女に救われた男もどきがの？　おまえはそれに従うか？」

　槍の穂先は友人——ヘンドリーの喉に少し食い込んだ。つうと紅いすじが蛇のように喉を伝わった。

「助けてくれと申せ。死にたくないと泣き叫べ。額を土にすりつけて生命乞いをせい。さすれば長らえさせてやろう。そして、我が下僕《しもべ》の栄をも与えよう」

　聞き終えたとき、ヘンドリーの顔にある表情が過《よ》ぎった。ラノクがああと呻いた。

貴族の下僕——血を吸われてこと切れた人間は貴族と等しい能力を持って甦る。生ける死者——吸血鬼として。吸った者を主《あるじ》とみなし、その下知《げち》に犬のごとく従う操り人形の地位に甘んじる限り、それは人間以外の存在になれるのだ。そして、そうなった者は、自分を人間以上と考える。

甘美ではないか。甘い汁が吸えるではないか。多くの人間がそう考えた。そして、自ら貴族の下僕となるべく、仲間の非違《ひい》の密告者に身を堕《お》とし、紅い闇の世界に加わったのである。

彼らには、その瞬間、共通して浮かべるある表情があった。恐怖と怯えと後ろめたさと、それを補って余りある卑しさ。ヘンドリーの顔に浮かんだ表情は、それだった。

「ヘンドリー、死ね！」

ラノクが叫んだ。

「嫌だ！」

と友は叫び返した。

「勝手なこと言うな。おれは貴族と戦いたくなんかなかった。それをおまえがむりやり引っ張り込んだんじゃないか。おれは死にたくない。首をちぎられて道端に捨てられ、鴉《からす》や妖物の餌《えさ》になるなんてご免だ。なります。あなたの下僕にして下さい」

彼は跪《ひざまず》き、地べたに額をこすりつけた。

「よかろう」

巨漢は前へ出た。ケープを翻《ひるがえ》してヘンドリーに近づき、髪の毛を摑んで仰向かせるや、その喉に顔を埋めた。

「ヘンドリー⁉」

友の悲痛な叫びも知らず、ヘンドリーの顔には苦痛と――拭《ぬぐ》いがたい恍惚《こうこつ》の表情が広がった。その血管に別の世界の血が流れ込んでいくのを、ラノクは知っていた。

だが、若者の身体は激しく痙攣《けいれん》した。

喉から流れるふたすじの朱線の他に、紅い花が左胸に花弁を広げた。ウールのシャツを突き破って出現したのは、鋭い杭の切尖《きっさき》であった。

「ヴァクス⁉」

もうひとりの若者を誰もが思い出したとき、彼は変節の友の心臓を背後から貫いた杭をふりかぶり、グレイランサーの胸へとふり下ろした。

それは黄金と緑の刺繡《ししゅう》がちりばめられた上衣を貫き、背中まで抜けた。

「よくやった。少なくとも、おまえは骨のある男だったわけだ」

グレイランサーは空いた方の手で、形容しがたい表情をこわばらせている若者の頰を撫でた。

「だが、遅かった。救おうとした友はすでに私の口づけを受け、おまえは死なねばならぬ。それもひどく残酷な死を、な」

「どうして……どうして……崩れない？」

ヴァクスの口は市場に並んだ魚のごとく、開いては閉じた。

「祈れ。おまえの信じる神への祈りを。でなければ、私を滅ぼすことはできぬぞ」

ヴァクスには信じる神があった。なくてはこの世界で生きてなどいけない。彼は祈りを唱えようとしたが、思い出せなかった。

「魂の祈りを捧げれば、神とやらはおまえの隣におる。私には手も出せぬそうだ。一度見たい。祈れ」

何故かひどく真摯《しんし》な声に、ヴァクスは記憶を取り戻した。

血臭が立ち上りはじめた馬小屋の中で、

「主よ……我、災いを怖れじ……汝、我とともにいませばなり」

無惨に干《ひ》からびた声が、途切れ途切れに、しかし、切実な響きとなって流れはじめ、五人の男女の耳を澄まさせた。

「……主は我が牧者《ぼくしゃ》、我を緑の牧場に誘《いざな》い、憩《いこ》いのみぎわに伴いたもう」

五人の誰かは、ヴァクスの神が厩《うまや》で生まれたことを知っていたかも知れない。ならば新たなる誕生が吟ずる者のかたわらに生じても、不思議ではあるまい。

やがて、祈りは絶えた。

敬虔《けいけん》な静謐《せいひつ》が聖夜の月明りのごとく、小屋の内部に満ちた。

「神はいましたか？」

とヴァクスが訊いた。相手はわからない。グレイランサーのような気も、村長のような気もした。

「おお」

と村長が大きくうなずいた。

「神は――」

「おらぬ」

それがグレイランサーの声と知った刹那、ヴァクスの首は三百六十度回転した。頸骨《けいこつ》の砕ける音が小屋内に響いた。

「どうした村長、どうしたラノク？」

息絶えた若者の死体を、先に死んだ者の上に重ねて、グレイランサーは呆然と立つラノクへ眼をやった。

「祈りとやらを口先で唱えても、神は来ぬということか。少々残念な気もするが」

唸りをたてて長槍がふられた。軌跡は村長の首に流れた。

血の噴水を従えて皺首《しわくび》が宙に躍ったとき、槍の穂は新たな標的を捉えていた。

グレイランサーの口から驚きの声が洩れた。

横薙《な》ぎにふられた槍の穂はラノクの胸を両断する寸前、彼の前に飛び出したミチアの上半身――その半ばまで食い込んでいた。

2

血煙を上げて倒れた若い母を、グレイランサーは見下ろした。致命傷を与えてしまったのは未熟というべきか、それとも彼ゆえにそこで止められたというべきか。

「お逃げ」

蒼白の顔で血泡とともに放ったミチアの声が、貴族の顔を反逆者の方へ向けさせた。

もう一度突きとばされたラノクは、地面から起き上がったところだったが、夢中で母親のもとへ駆け寄ろうとした。

「おやめ――早く、逃げて」

ラノクは激しく体勢を入れ替え、背後の戸口を向いた。

「母さん」

「……早く……」

そして、ミチアは地に伏した。

息子はその言葉に従う方を選んだ。

泣くような声を上げて走り出した背中へ、グレイランサーの穂先が向けられた。

やめて。

糸のように細い声が殺戮《さつりく》を止めた。貴族は首だけを曲げて、右脚にすがりついたミチアを見下ろした。倒れた位置から、ここまで鮮血の痕が這《は》っている。彼が流させた血であった。

この貴族の表情に昏迷《こんめい》が浮かんだのは、生涯最初ではなかろうか。

「おまえは、私を庇《かば》い、息子を庇い、そのせいで助けた私の槍を受けて死んでいく。何故だ。何故、敵同士を庇う？」

「……どちらも……私の敵では……ありま……せ……ん」

糸がちぎれはじめた。

「私の槍を受ければ死ぬ。それがわかっていて、息子を庇ったのか？　それさえしなければ、まだまだ生きられたものを。惜しいとは思わなかったのか？」

「あなたに……救われた生命で……す。あなたを……助けられた……だけで……私は満足でし……た。その上、息子まで……私のしたことを……わかってもらえる……まで……まだまだ……時間がかかる……でしょう……だから……忘れないで……私があなたと……息子を救った……ことだけを」

「覚えておこう。必ず」

とグレイランサーは応じた。そして、それが心からの言葉だと知って、少し驚いた。

ミチアは地面に突っ伏した。もう動かなかった。

「おまえは死んだ」

　血臭と静寂がたちこめる小屋の中に、グレイランサーの声ばかりが低く流れた。

「人間はすぐに死ぬ。そして腐敗し、骨となり、それも風に砕かれて消える。何故、それほど早く死ぬ？　そうと知って、他人のために生命を捨てるのは何故だ？　息子ならわかる。だが、私を救うにためらわぬ理由はどこにある？」

　声は熄《や》んだ。彼は手の槍を高く掲げて、穂先をつくづくと眺めた。

「そして——私は救ってくれた人間の生命を奪った」

　声が心を表わしているという見解が正しいとすれば、グレイランサーという名の貴族はいま、ある感情を抱いているに違いなかった。

　悲哀という名の感情を。


〈北部辺境区〉の首府ビストリアは、常に霧と雨に濡れているような都市であった。貴族の多い街は、都市工学的に影が多い。石畳の通りを貴族たちはゆったりと歩き、或いは馬車でそそくさとガス灯の下を過ぎた。

〈辺境〉から戻ったグレイランサーを待っていたのは、至急〈都〉へ出頭せよという指令であった。

「これは急な。はて、何用か？」

　彼は静かに、緊急用飛行体に乗り込んだ。〈都〉までは三時間の旅であった。

彼の訪れを待つ〈枢政省〉の〈枢密院〉では、十名の〈元老〉たちが、目下の最大の議題、OSB戦について声を交わしていた。二名足りない。数日前から失踪中なのである。

細長く切られた窓から月光が豊潤にさし込むホールのあちこちに、青銅の燭台《しょくだい》に点された炎が朧《おぼろ》に揺れている。夜目の利く貴族の奇妙な習性というより癖《くせ》であった。

「奴らの〝変身〟を防ぐ技術、及び看破する技術は開発できたかね？」

「〈統合技術センター〉からは、いまだし以外の連絡は来ておらん」

「敵の月基地への攻撃は？」

「計測的にUAV（無人飛行体）による攻撃と異空間からのミサイル攻撃を行なっているが、敵が創り出した新型バリヤーを通過するには到っておらん。最良の手段は、瞬間的に生じたバリヤーのほころびから有人攻撃を仕掛けることだろう。奴らも木の杭と刃以外の武器を見つけ出してはおらん。肉弾戦ともなれば、こちらの勝ちだ。得意の変身攻撃も、我々には通用せん。他のものに化けても、こちらはすべてを破壊すれば済むことだ。奴らの切り札たる原子核破砲も我らには通じん」

「敵の宗教はどうだ？　心魂極まれば、奴らの〝神〟でも我々の弱点を見つけることができ得ると、〈宗教研〉及び〈フェノミナ局〉から報告が来ておるが」

「当分、心配はいらん。奴らの宗教と科学の宇宙支配率は二十と八十、超自然を律するにはまだまだ時間がかかる」

「どれくらいだね?」

「約一千年」

「甘いな。眼と鼻の先だ」

「奴らの殲滅《せんめつ》法を考案するには十分な時間だ。要は壁に穴を開け、軍を送り込むだけの話だ。いまちょっかいを出している奴らが戻らなければ、奴らの母星は二度とこちらの銀河へ手出しはしないだろう。何なら、こちらから押しかけてもいい」

「我が世界での戦いについてだが、敵の侵入ルートと変身率、侵蝕統計はどれくらいだ?」

「その順序で答えよう。〈都〉を中心に五十キロ以内での侵入は、これまで七件確認され、いずれも殲滅に成功している。我が軍団の真ん中にパラシュートで降下するようなものだからな。当然、敵は人間から仕入れた知識で〈辺境〉に的を絞るだろう。確認された侵入はこのひと月で六十六回。各管理官からは、全員殲滅の報告が来ておるが、そちらへ出向した〈統計局〉のメンバーが襲撃されたところを見ると、それ以上のOSBが〈辺境区〉に潜み、変身率をのばしていることは間違いあるまい」

「管理官どもは何をしておる?」

「〈辺境区〉の管理は〈都〉では想像もできぬ困難が伴うそうだ。それがわかっておるからこそ、管理官たちには、ここ〈枢密院〉が〈都〉にふるう以上の大幅な権限が与えられておる」

「無能有能のレベルで済むなら、首をすげ替えたらどうだね?」

「現管理官は、歴代の誰よりも最高の管理成功率を上げておる。四名すべてが得難い人材だ」

「〈西部辺境区〉は問題があったのじゃないかね？」

「マイエルリンクのことか？　彼は人間に肩入れしすぎだと、〈南〉と〈東〉から報告が入っている」

「〈北〉からは無し、か？」

「〈貴族〉グレイランサー」

他の言葉と変わらぬ口調で虚空《こくう》に放たれたそれが、広大な一室を沈黙の凝塊《ぎょうかい》で包んだ。

やがて、

「彼からは無しだ。そもそも他人の非違を暴《あば》きたてるような男ではないことは、みな知っておろう」

「正しく。彼は生まれながらの戦士だ。彼さえここにいてくれたら、対ＯＳＢ戦略にこれほど苦労することもあるまいよ。しかし、彼にまかせたら、我々はひとり残らず最前線へ送られるかも知れんぞ」

また沈黙が落ちた。今度は賛同の沈黙であった。

「しかし、彼はいま〈辺境〉におる。とりあえず老骨の戦場送りは免れたとして、ＯＳＢ戦の策を練るとしよう」

そのとき、天井からメカの合成音が、

「グレイランサー卿がおいでです」

と告げた。

騒然となった元老たちのひとりが、ようやく宙に向かって、

「目下、重要会議中と言って止めておけ」

と命じた途端、外からは決して開かぬはずのドアが滑《なめ》らかに開いて、濃紺のケープ姿を招き入れたのである。

「〈貴族〉グレイランサー」

誰かが口にした名は、全員の叫びでもあった。

「——どうした、急用か？　ならば前もって連絡を入れよ」

「お呼びによってまかり越した」

とグレイランサーは言った。一応、敬意を表しているのは、軽くながら一同に一礼し、相手の台詞《せりふ》が終わってから挨拶したことでもわかる。

「空港からここまで、すべて〈枢密院〉の搬送システムに乗って来もうした。ここへ入れたのも送迎車の中で渡されたシークレット・カードのおかげですぞ」

「誰がそのような真似を⁉」

これも元老のひとりの叫びであったが、全員の胸中の声でもあったに違いない。いや、ひとりを除いて。

そのひとりは、こう言った。

「わしだ」

グレイランサーを含めて十対の視線が、声の主に集中した。

それは長い大理石のテーブルのいちばん奥——議長席に嵌《は》まり込んだ老人であった。

他の元老たちと同じ闇色のガウンをまとってはいるが、ひどく小柄な身体は、透明な球からサンダルを履いた両脚のみを突き出していた。

「議長コルネリウス」

「しかし、何故、このような独善的な真似を?」

「みなに諮《はか》れば、回答は否であろう。辞表は用意してある。後で受け取るがいい」

老人が口を動かすたびに、口からは水泡がこぼれた。彼は紅碧《サルビア・ブルー》色の液体を満たしたボールの中にいるのだった。それは子宮と羊水に浮かぶ年老いた赤子を見るような奇妙な眺めだった。

「ご用の向きを承ろう」

とグレイランサーは言った。静かだが、なければ帰るぞと言わんばかりなのは、誰にもわかった。

「明日、OSBの月面基地から、これまでにない数の〈攻撃飛船〉が襲来するとの情報が入った。それを迎撃し、敵の基地に侵入潰滅《かいめつ》を成し遂《と》げられるのは、貴公をおいて他にはないと、昨夜、お告げがあったのじゃ」

この瞬間、グレイランサーですら硬直状態に陥った。

〈枢密院〉議長がお告げと言った。

それを発した者は？

石の像と化した一同を、平然たる眼つきで眺め廻し、議長コルネリウスは、

「秘書団に命じて準備は整えてある。夜明けまで四時間と少し。〈戦車〉の用意は出来ておるよ」

「ご下命承りました」

胸に左手を当てて、グレイランサーは深々と一礼した。

「ですが、私に迎撃部隊の指揮一切をおまかせになるのはどうかと存じます。第一飛行戦車大隊にはガスケル将軍、第二大隊にはブリュースター将軍、第三大隊にはノンブソル大将と傑物が揃っております。彼らをさしおいて指揮を執《と》るのは――」

3

円盤型《ソーサー》船体の八方から原子核破壊砲の針状砲身を突き出した〈大飛船〉の周囲を翔《か》け廻りつつ攻撃を加える〈飛行戦車大隊〉は、確かに蚊トンボの群れとしか見えなかった。

次元変換波が敵のバリヤーに食い込んだ刹那、空中に白い裂け目が生じるものの、それもすぐに消え、敵船には瑣末《さまつ》な被害も与えられないのだ。

「やれやれ、こうやって叩き落とせれば、ことは簡単なのだがな」

虚空の何処かで巨神の声がするや、巨大な手が〈大飛船〉もろとも味方戦車をも払い落としてしまった。

〈都〉にある〈戦事省〉の広大な会議室である。〈枢密院〉と同じく、こちらも月光と青い闇に包まれていた。

それぞれが離れたソファに腰を下ろした〈飛行戦車大隊〉のリーダーたち五名の距離は、彼らの不仲を知っている者の眼に百メートルもあるように見えた。

全員が軍属の証《あかし》たるカーキ色のケープをまとい、指揮官の印たる黄金の蝙蝠《こうもり》を握りにつけた錫杖《しゃくじょう》を手にしているが、何よりも人目を引くのは、首から胸もとまで垂れたこれも黄金の鎖に結びつけられた真紅の炎塊であった。

炎塊と言った。それに嘘はなく、その勇猛なる戦いぶりと勝利によって、〈枢密院〉から授与された炎の塊は、実に六百万度で永劫《えいごう》に燃えつづける小恒星のレプリカなのであった。それをこの貴族たちは百以上も鎖に固定させ、肌を灼く熱風も、衣裳が溶ける風もない。次元バリヤーで覆われているのだ。六百万度の熱は異世界へ吸収され、一ミリ先のケープには永久に届かない。

この〈太陽章〉ひとつで兵には英雄の名が捧げられる。問題は彼らを超える――つまり百個以上の受勲者が一般兵士にもうようよいるという点だ。
　勇者には勲章を。
　貴族社会ほど、この常識をいささかの差別もなく実行しているところはあるまい。
「彼らのバリヤーは日ごとにパワーを増している。昨日の難攻不落では我慢できぬのだな。こ
れは軍として我らも見習いたいものだ」
　巨人は――実寸二メートルほどだが――空中に人さし指を当てた。離した後には、ＯＳＢの
〈大飛船〉が、さっきの十倍の大きさで浮かんでいた。
「だが、我々はようやく、それにほころびを作れる次元カッターの製造に成功した」
　彼はハリネズミのように武装した敵船の横腹に、右上から左下まで斜めに指を走らせた。敵
船はその線に合わせて裂け、炎に包まれた。
「それなら問題はなかろうが、ノンブソル」
　と二本角の兜《かぶと》をかぶった長身の男が唸るように言って、手にした黄金のカップからひと口飲《や》
った。唇についた液体を手の甲で拭う。鮮血だ。同じ中身のグラスを全員が持っている。これ
は吸血鬼の会合なのだ。
「そうもいかぬのだ、ブリュースター」
　とノンブソル将軍は朋輩《ほうばい》のミスでも見つけ出したように、得意げに答えた。

「現実的には新型のバリヤーを裂くのが精一杯。〈大飛船〉にも基地にも指一本触れられぬ。最後は肉弾攻撃ということだな」

ブリュースター将軍は無表情に、

「なるほど、それで軍団中の猛者《もさ》を極秘で選別したというわけか。アンドロイドどもにまかせておくわけにはいかぬのか？」

「こちらのコントロール域はすべて知られておる。前々回の強襲でアンドロイド兵が寝返った事実を忘れてはおるまいな。必要なのは勝利への意欲と殺戮の快感とに血を滾《たぎ》らせる生身の戦士だ」

「それなら、不肖《ふしょう》このヴィルゼンに総指揮を委《ゆだ》ねてもらおうか」

戸口にいちばん近い席に腰を下ろしていた軍人が言った。顔中が銀色だ。眼と口だけに大雑《おおざっ》把《ぱ》な切れ目が入っている——仮面なのである。ここにいる連中が幼い頃はじめて遭遇したときから、サイズは違うが同じ面をつけている。理由は、ひどく醜いからららしいと個人が想像するしかない。何故、集合的な意見——噂《うわさ》にならないのかというと、その噂をたてた者と聞いた者とが、全員滅びてしまったからである。奇怪な顔にふさわしい陰々たる声であった。

「〈太陽章〉三百個の実績は誰にも劣らぬ。始末したあ奴らの数も五千を越す。奴らにまず怖れられている筆頭はおれだろう」

「大した数だ。死者の数とも合っているしな」

皮肉っぽく言い返したのは、窓際のいちばん奥に腰をかけた白髪の男であった。それだけで老人と見なすことができないのは、まるで赤子のように童顔なのと、高い声のせいであった。俗にいうキンキン声だ。そのくせ、妙に錫杖が似合っている。

「確かにおまえは五千以上のOSBを処分した。だが、そのやり方には異議がある。むやみやたらに〈大飛船〉を撃墜するには合っていただろう。だが、とどめも刺さずに次の敵を追いかけている間に、不時着した飛行体から脱出した敵は、無差別に残忍に人間たちを襲った。変身した奴らの手で斃《たお》された〈辺境区〉の貴族はこれまでで約一万。うち三分の一は、おまえの手ぬるさがもたらしたものだ。指揮権は私の方がふさわしい」

「貴様——ミンスキー」

仮面の将軍——ヴィルゼンが立ち上がった。月光が撥《は》ね散った。

「二人ともやめたまえ」

今度かかった声は、臨終の老人のごとく嗄《しゃが》れていた。

真っ先にこの部屋にいて、他の将軍たちが入って来たときは、壁際の椅子の上で月光を浴びつつ、こっくりこっくり舟を漕《こ》いでいた枯骨のような老人であった。他の猛者たちが触れる、どころかひと息でバラバラになってしまいそうだ。だが、いま開いた眼は、他の連中を凍りつかせるような妖光を放っていた。

「老ブローシアス将軍じゃよ」

老人は、もごもごと自己紹介をした。無論、耄碌《もうろく》しているのでも、他の四人が彼の名を忘れたわけでもない。半ば冗談、そして半ば——恫喝《どうかつ》だ。

彼はひょいと椅子を降り、アル中のような足取りで、ひょろひょろと大テーブルの方へやって来た。

「まだ眼が醒めん。永久に醒めん方がよかったがな——少し協力してもらおう」

錫杖がふられた。

空中にまたも〈大飛船〉のミニチュアが描き出された。今度はノンブソルが描出したような白い絵ではなく、色彩つきの立体像——精巧なミニチュアであった。

のみならず、それは全砲身から真紅の光条を放った。

原子核破壊ビームである。それは老ブローシアスの顔を貫き、右肩にまばゆい光の球を作って消滅させた。

ブリュースターの鼻から上が消えた。ノンブソルの右胸部に光の球が生じた。ミンスキーは左胸だった。ビームは天井にも床にも巨《おお》きな穴を空けた。

「眼が醒めたわい」

顔の真ん中から後ろの光景が透けている老ブローシアスが、錫杖で叩くと敵船は消えた。

「はた迷惑な洗顔ですな」

とノンブソルがクレームをつけた。ぽっかりと穴が空いた胸部はもう元に戻っている。

「ところで、ガスケルはどうした？」

老ブローシアスは一同を見廻して訊いた。

「昨夜、〈西郊外〉の偵察に出かけ、撃墜された。救援隊が出動したが、目下、行方も生死もわかってはおらん」

答えたのはヴィルゼンだ。

「生死はともかく、行方不明というのは気になるの。まさか、捕虜になったのではあるまい」

「あの男なら、虜囚《りょしゅう》の恥を受ける前に、自ら杭を打ち込むことだろう」

これはミンスキーである。

「実に単純な男だが」

にやりと笑った。ガスケル将軍の身の処し方に感銘を受けているわけではなさそうだ。

「ひとり減ればありがたい」

ノンブソルが歯を剝いて笑った。

「三名の立候補は聞いた。自分もそれに加わろう」

「わしもだ」

ブリュースターが錫杖を左手に叩きつけてアピールし、老ブローシアスが笑った。

「と言って、選挙ともいくまい。全員自分に票を投じる前に、対立候補を亡き者にしようとするだろう。そもそも、いまになっても〈枢密院〉から指揮官の指示がないとは異常だ」

「〈枢密院〉は極秘候補を立てておるのか？」

ミンスキーは歯噛みをした。

みな、そうしたい気分であったろう。〈飛行戦車大隊〉といえば、全貴族の中から選抜された戦うエリートのトップ集団である。

不老不死の貴族といえど、性質は百人百様だ。勇者も怯懦《きょうだ》な者もいる。個々の鍛錬《たんれん》はあくまで個人まかせだが、本質的な凶暴性を有する貴族たちは、ひとり残らず戦士としての自らを自覚し、〈都〉の訓練センターへ入る。

選別はここで行われ、身体能力、精神力、闘争心の三要素を基準に、戦士としての適性が決定される。これは人間の徴兵制に相当するものであり、戦士の道を選び、さらに高度な戦いの訓練を受けるかどうかは、当人の自由意志にまかされる。

不老不死の貴族が戦いの場に身を置くという前提には違和感がつきまとうが、世界の覇権を握る以前から、貴族は超自然現象と呼ばれるものに知悉《ちしつ》していた。

人間がたわごと、子供騙《だま》しと侮《あなど》ったそれらの幾つかは、まぎれもない真実であった。その中に、未確認飛行物体——ＵＦＯも含まれていたのである。

単なる自然現象の錯覚と思われていたＵＦＯが、かなり意欲的な侵略行為に従事していたことは、各国政府の機密事項であった。人間の大国は専門の調査機関を設け、彼らの行動を単なる観察ではなく、未来の侵略を意図したものと位置づけていた。

貴族はそのすべてを受け継いだのである。

外宇宙からの敵は、いつか牙を剝いて襲来する。

貴族はその不老不死性を前提にした兵器を開発し、その脅威に備えた。

この場合、防禦《ぼうぎょ》技術にも力が注がれたというのは興味深い点であるが、これは〈都〉など物理的な存在への被害を考慮したからである。

兵器の発達により、近代戦では歩兵同士の格闘戦が行われることはほとんどなくなった。貴族はこれを拒否した。

対OSB戦の兵器は、人間が忌避《きひ》した核兵器をはじめとして、反陽子砲《アンチ・プロトン》、次元震動、遺伝子破壊ウィルス等が考案されたが、それはあくまで大量殺戮が回避し得ぬ場合に限られるものとして、貴族たちが最も力を入れたものは、実に古風《アナクロ》な戦闘法であった。

すなわち敵の防禦を破壊してその基地に侵入、白兵戦をもって殲滅することである。

貴族たちのDNAに、拭いがたい過去への郷愁が刻印されているのは、彼らが築いた世界を俯瞰《ふかん》すれば一目瞭然であった。生死を賭ける戦いにもそれを採用するとは、正しく魔性のものの精神性としか表現のしようがなかった。

敵の身体に剣《つるぎ》を、矢を、槍の穂を打ち込んで勝敗を決するこの戦法を一とするならば、その最前線に立つべき〈飛行戦車大隊〉は正しく最強の戦士軍団であり、その指揮官は自他共に認める戦士の中の戦士——真《まこと》の勇者に違いなかった。

そんな彼らを差し置いて、新米が指揮権を握る——到底首肯《しゅこう》し得る話ではなかった。

「〈枢密院〉に、事故を装って一発反陽子砲でも射ち込んでやるか?」

ノンブソルのひと声は、全員の胸中の叫びでもあったに違いない。だが、現実に応じたものは沈黙であった。ノンブソルを凌《しの》ぐ勇猛果敢なブリュースターと老ブローシアスは思わず宙を仰いだ。恐怖の大王の耳を怖れるかのように。

「口を慎《つつし》め、ノンブソル」

責任者の名前をはっきりと口に出して、老ブローシアスは、

「〈枢密院〉の最高議長は——〝御神祖〟だぞ」

不埒者《ふらちもの》はようやく蒼白となった。

第四章　真紅の詩

1

「――すると」
ミンスキーが両手で痙攣《けいれん》する頬を押さえた。
「今度の指揮官は、〝御神祖〟の肝煎《きもい》りか？　おい、まさか……」
おい
おい
おい
まさか
まさか
まさか

猛将たちの胸に、朱《あか》い風が吹き込んだ。

風は彼らがむりやり堆積させた砂と石を吹き散らし、決して想起したくないある噂を意識の表層に昇らせた。

〝御神祖〟には御子が――

そこはもはや思考の及ぶ意識世界ではなかった。風聞だけが漂い、それに手を触れることは許されていなかった。

どう処理していいかわからぬ混沌《こんとん》に終わりを告げたのは、不意に開いた巨大な青銅の扉であった。

そこから無遠慮に入って来た人影に眼をしばたたかせながら、全員が叫んだ。

「グレイランサー」

そして、全員に漲《みなぎ》っていた唯我独尊の気は塵《ちり》と化して消えた。

ただひとり、彼らを凌駕《りょうが》する勇者がいたと全員が認めたのである。

「久しぶりだな、六鬼将《きしょう》よ」

掛ける声にも、懐かしさより侮蔑の響きがある。貴族の誇る鬼将軍たちも、彼の眼には未熟な士官程度にしか映らないのだ。

硬直した五人を見下ろして、

「ガスケルはおらぬか――滅んだな」

あっさり言って、

「この度、〈枢密院〉の御下命によって、明日挙行されるOSB月面基地攻撃の指揮を執《と》らせていただくグレイランサーだ。諸君には奮闘を期待している」

質問も異議も許さず伝え、

「作戦はこうだ」

空中に右手を走らせた。

直径十メートルもある月の姿が月光の中に映し出された。

「作戦どおりだ。行くぞ」

声と同時に、グレイランサーの〈戦車〉は一気に加速した。これは夢物語《ファンタジー》か、お伽噺《フエアリー・テール》か。

暗黒の月面上空を、星々のかがやきを点綴《てんてい》しながら進む大貴族の乗り物は、人間暦の古代に使用された車輪付きの単座戦車ではないか。

そして、後に続くのは、羽搏《はばた》きこそしないものの、巨大な黒蝙蝠《くろこうもり》型の飛行体の群れだ。

地球から四十万キロ——月の裏側に建設されたOSBの前線基地へは何度か攻撃を敢行しながらも、目立った成果は敵の攻撃の日取りが空く程度に留まり、〈枢密院〉の面々の額に青すじを立てさせた。

どの飛行体も推進炎を噴出させてはいない。機体を包む重力場の移動によって前進するからだ。

それは敵にもわかっているのか、攻撃隊の周囲に黄金の光条が流れはじめた。

「原子核破壊ビームだ。撃墜された者は収容船が来るまで月面で待機せよ」

ビームはグレイランサーの戦車をも貫いた。いや、貫くはずが球面を滑るように方角を変えて流れ去った。

距離三千まで近づいたとき、地上からOSBの飛行体が一斉に急上昇して来た。

「各自、格闘戦に移れ。各個撃破の後、私に続け」

指揮者《コマンダー》は後方で指揮を執る。だが、貴族たる者は同時に指揮官《リーダー》でもあった。

「進め」

ならぬ、

「続け」

このひと言をグレイランサーは選んだ。

高貴なる者の義務《ノブレス・オブリージュ》――という。人間世界の名門、王族、貴族たちが、その身分の代償に負うべき義務のことである。戦場で彼らは常に先陣を切る。安全地帯で「進め」と絶叫するのは怯懦な者である。彼らは常に「続け」と叫んで矢弾《やだま》の最初の標的にならなければならない。

グレイランサーは常にそうであった。貴族は不死身ではないのか？　否、敵の武器はもはや原子核破壊砲ではなく、重力場球と鉄矢と長杭であった。

後続の蝙蝠機が次々にイオン・エンジンに点火する。黒い重力場球との接触で、重力場が中和――消滅してしまったのだ。

敵の原子核破壊ビームがその機体を消滅させ、落下する貴族の心臓を矢と杭とが貫いた。

重力場球を躱《かわ》し、破壊し、グレイランサーは基地に肉迫した。

重力場推進は、移動感がない。いかなる高速度で一回転しようが、包まれた者には視覚的変化はともかく、三次元的な動きは全く感じられないのだ。

「頼むぞ、後方部隊」

前方に球と輪を奇怪な形に組み合わせた建物が迫った。

戦車の両サイドに装着された反陽子砲が灼熱の光流を壁面に注ぎ込む。

反陽子の直撃は、物質を構成する陽子もろともあらゆる存在をゼロと化してしまう。

だが、壁面には傷ひとつなく、反陽子の波は空間に飛び散り、周囲の敵機を無に変えた。

これは危険な賭けであった。敵のバリヤーを、地球の〈軍事局〉が製作した次元カッターが四十万キロの距離を越えて切断し得るか否か。

しくじれば戦車ごと塵と化す。カッターが任務を果たしても、千分の一秒のタイミングのずれが、グレイランサーを次元の彼方へと放逐《ほうちく》するだろう。

大貴族は怖れなかった。

信じるのは間髪で激突を回避する自らの技か。〈軍事局〉の成果か。或いは自身の運か。

そして、バリヤーは裂けた。

空間に白く貼られた長径三キロ、短径一キロもの次元の裂け目へ突入すると同時に、反陽子の流れは彼方の基地壁面を虚無へと変え、グレイランサーは灼熱の流星のごとく、その内部へと吸い込まれていった。

奇妙な造りの内部にいるのは、銀色の機械人間だった。元来が不定形の憑依《ひょうい》生物であるOSBは、その体の一部から単純作業を行う有機生物を造り出し、彼らの生み出す機械人間《ロボット》を徐々に進化させて、ついに機械生命体ともいうべき存在を完成させたのであった。

後は、彼らに乗り移って独自の文明を発生させれば事足りた。

知的生物に抜き難く存在する好奇心を、彼らも十分に持ち合わせていたらしい。星の海へと旅立つことは必然であった。それを確固たる目的にしたのは、母星の滅亡であった。異常な核融合によって巨大化した太陽に呑み込まれる寸前――五千年の歳月を費やして彼らは大規模な船団を建造し、星々の彼方に未来を托した。数万年の放浪は一隻の探査機を捕獲したことで終焉《しゅうえん》を迎えた。

そのメカニズムを徹底的に調査した結果、彼らはその探査機を造り出した星系へ向かうことに決めた。意図は平和共存ではなく侵略と征服――そして支配であった。未知とは野性の別名である。野性を自らの文明をもって知性化すること。これこそが〝神〟より与えられた使命なのであった。そのためにはいかなる手段も許される。

だが、それにはさらに千年の歳月を要した。彼らは光速を超える飛行法を開発していたが、探査機の母星へ赴く途中で居住可能な惑星と遭遇し、いったんそこへ定住してしまったのである。

そこが彼らの新たな母の星になるには百年もかからなかった。既住生物をことごとく殺戮《さつりく》し、機械人間に変身した不定形生物の奇怪な文明が誕生したのである。

それでも孤独は彼らの宿命らしかった。付近の星系に知的生命は存在せず、このままでは文明は閉鎖状態に陥り自滅の他はないと、繁栄の途中で科学者は結論した。

虚無に蝕《むしば》まれた彼らの眼は、ふたたび伝説と化していた探査機と彼方の星へ向けられたのである。

かくて、千億の星々をその機体に映るかがやきと変えて、一千年に及ぶ侵略の旅が開始された。

だが、太陽系へ侵入した時点で、貴族は彼らの存在に気がついた。外宇宙からの侵略を最もあり得べきものと考えていた貴族は、星系の全域に亘《わた》って人工衛星や小惑星基地による監視ネットワークを張り巡らせていたのである。

最初の小競り合いは冥王星の付近で生じた。

貴族の迎撃艦隊は、圧倒的なＯＳＢの火力の前に粉砕されたが、貴族の存在はＯＳＢを震撼《しんかん》させた。

宇宙空間へ吹きとばした彼らが、凍《こご》えも窒息もせず、虚空の深淵へ消えていったからである。

このとき、冥王星の軌道に乗った五百数十名は、後に救出されるまで三ヶ月余、軌道上をさまよっていたのである。

二度目の戦いは、木星の軌道上で行われ、貴族軍は敗走したものの、ＯＳＢにも多大な損害を与えた。

この時点で新たな敵が只ならぬ存在であることを知ったＯＳＢは、地球へ尖兵《せんぺい》を送り込んだ。

幸運にも彼らは人間に憑依し、貴族――吸血鬼に関する知識を得て、その不死性に驚嘆した。

一方、地球側も、不幸にも貴族に憑依したＯＳＢを捕らえ、その正体に気づいた。

単なる力押しでは互角と踏んだＯＳＢは月の裏側に恒久的基地を築き、持久戦の形を取った。

あらゆる形のエネルギーを栄養素に変換して吸収し、生を維持する彼らは、星々の光以外、補給を必要としなかったからである。

かくて、三千年の長きに亘るＯＳＢ対貴族の戦闘が幕を開けたのであった。

2

基地の内部は静寂に包まれていた。機械人間たちにしか聴こえない警報が鳴り響いているに違いないが、それは永遠に貴族たちの耳には届かないのだった。

機械人間たちの乗った戦闘車輛《ビークル》が通路を走り、戦闘艇が空中から襲いかかって来る。

重力場球が四方を飛び廻りはじめた。こちらの重力場を中和し虚無に変えてから、次の攻撃が開始されるのだ。

「先に行く。無事な者は続け！」

マイクに叫んでグレイランサーは戦車のバリヤーを虚無化した。

「司令官、無茶な真似はおよし下さい！」

部下の声が耳の前に浮かんだヘッドアップ・コンソールの画像から聞こえた。空間に印刷《プリント》されたメカニズムには、必要な機能をすべて二次元空間で稼動させる。

「重力場を自ら外すなどと——敵の絶好の獲物ですぞ！」

「ユヌスか」

副官の名を口にして、

「重力場をチマチマと消したり再生したりするのは性に合わんのでな。ついて来られる者だけついて来い」

グレイランサーの右手が走った。

長槍のひとふりで、幾つもの爆発が生じ、青い電磁波と灰とが四散した。

それは機械人間たちの両肩の投射器《ランチャー》から放たれる鋼《はがね》の刃であった。超音速で投じられるそれが、グレイランサーの槍に接触した刹那、双方のスピードとパワーの合成によって、分子レベルに分解されてしまうのだ。

だが、そんな現象はどんなスピードの下で生じる？　どんなパワーの下で起きる？　刃をどう見つけ、どうやって弾きとばすのだ、グレイランサーよ。

左右を黒いすじが通過した。鋼の矢であった。地球の伝説どおりの戦法を、機械人間たちは忠実に実行しているのだ。ただし、その速度はマッハ一〇〇――秒速三十四キロを超える。

自分と戦車を傷つけそうな矢を、グレイランサーはことごとく迎撃した。その閃く槍穂の美しさ、凄まじさよ。矢はすべて機械人間たちに送り返された。

顔面、頸部《けいぶ》、胸、腹部――貫かれた部分で彼らは青い電磁波の断末魔を広げ、次々に崩れ落ちていった。

いつの間にか、グレイランサーは単身空を翔《か》けていた。

左右は金属の壁であった。ただし、これは滝のように下方へと真っ逆さまに流れ落ちていた。底は見えない。眼前のコンソールにも、計測不能と記されていた。

基地内へ侵入すると同時に、各戦車はナノ・サイズのセンサー虫《インセクツ》を一億単位で放出し、基地内情報の収集を開始していた。

目的地は言うまでもなくエネルギー中枢だ。戦車のコンピューターはセンサー虫の情報を得て、グレイランサーをそこへ導くはずであった。

空中のコンソールには、

――貴族数値に換算して二四九八六階

とあった。

敵の飛行体が迫って来た。百を超す。球体にスタビライザーをたすき掛けしたような物体が、嵐のように刃と杭を浴びせて来た。

戦車の車体がそれを弾き返し、イオン・エンジンの絞り出す五〇マッハに身を委《ゆだ》ねてほとんど垂直に落ちていく。

剛体と化した空気が顔を歪《ゆが》め、髪の毛をちぎり取ろうとする。

コンソールにおびただしい赤い点がきらめいた。モードはレーダーだ。

「来おったな」

風に歪んだ唇が、さらにねじれた。笑ったのである。

敵が散開した。

正面から吹きつけて来る刃と杭の吹雪《ふぶき》をことごとく叩き落としながら、グレイランサーは戦車のてすりを小打《タパ》した。

「行くぞ。あいつらの予想もつかないところへな」

機械人間たちはコンピューターの指示に従って配置を変えていた。グレイランサーが多数を相手にする場合に取るコース上であった。無限回に近いコンピューターの検討の結果に、彼らは満腔《まんこう》の信頼を置いていた。

まさか、真っすぐ突入して来るとは。

彼らの攻撃はすべて打ち砕かれ、あり得ない角度から繰り出されるあり得ない長さの槍に、急所——動力部を貫かれて即死した。

槍は飛行体をも貫き、それは一瞬のうちに防禦線《Dライン》を突破した敵を追うように墜落していった。

この撃墜が怖るべき意図による怖るべき結果をもたらしたことは、すぐに明らかになった。

追撃に移った飛行体の攻撃を墜落飛行体が遮ってしまうのだ。刃も杭もかつての味方に命中し、突き刺さり、撥《は》ね返されて、グレイランサーには半数も届かないのであった。

「目標までの距離は？」

答えが閃いた。

——変わらず
グレイランサーの眉が寄った。さすがに困惑したのである。地下十万階だろうが百万階だろうが、このスピードならとっくに到達しているはずだ。

しかし、戦いの鬼ともいうべき大貴族は、驚くべき思考の切り替えを行なった。

「空間歪曲《わいきょく》か？」

——否。目標も移動中
「動力中枢が動くか⁉」

グレイランサーはつぶやき、そして、見破った。

「流れる壁か。基地の内部全体が、超音速で位置を変えると見える。――対策は？」
――速度の上昇。目標の移動速度は一五〇マッハ
「私より速いか。しゃらくさい」
またも笑み。鬼神の笑みは美しくも血が凍る。
「一五一マッハに上げろ」
――了解。ただしエンジン燃焼部に限度以上の負荷がかかる
「どうなる？」
――爆発
「行け」
――愚者め
〇・五秒で落下速度は壁の降下を凌《しの》いだ。
コンソールに緑色の図形が浮かんだ。
基地の構造図であった。
中央部の一点が赤く染まった。
グレイランサーの眼が赤く光った。そこが目的地であった。
――二秒で追いつく
「一六〇マッハ」

――了解

メカも呆れたらしかった。

風の方角が変わった。

急激な方向転換による負荷が、グレイランサーの全身をきしませた。肋骨がへし折れ、内臓に突き刺さった。彼は血を吐いた。百トンの岩の下敷きになったに等しい。

水平飛行に戻った。

骨が修復され、内臓の傷が消滅して機能が回復する。貴族の貴族たるゆえんだ。

――前方十万キロ

グレイランサーの眼が緑の文字を刻んだ。

「次元渦動ショット――一発きりだ」

――了解。脱出路確保。ただし、脱出可能性一パーセント

「十分だ――射て！」

次の瞬間、暗黒が視界を埋めた。

標的を破壊するのみならず、異次元へ放逐してしまう兵器は、使用者もまた異界へと引きずり込んでしまったのだ。

意識は明瞭《めいりょう》であった。

暗黒が溶けるまできっかり八秒。代わりに現われた光景には見覚えがあった。

蒼穹《そうきゅう》を白雲が流れていく。遠い山脈《やまなみ》はその裾野《すその》に広がる森の緑を感慨深げに眺めていた。枯草の上に仰向けに横たわった身体のすぐ右に、戦車が横倒しになっている。

昼か。異次元空間へ吸い込まれた体感は八秒だが、半日が経っていたとみえる。

「いや、何日か、何ヶ月か」

少なくとも同じ季節らしい、秋の柔らかい光がグレイランサーと、かたわらの戦車を照らしている。

「昼間か」

何度も経験している時間を、彼ははじめて見るもののように、蒼穹を見上げたまま動かなかった。かすかな香りが鼻孔をくすぐった。

間違いに気づくまで、数分が過ぎていた。

「いかん」

グレイランサーは身をよじって立ち上がろうとした。動かない。手も足もぴくともしなかった。

眼だけが動いた。手も足も無事だ。

だが、腰から下がいつもより長かった。眼を凝《こ》らした。五十センチほど、上体から離れていた。

草は血の海に沈んでいた。

「これでは動けん。さて、どうしたものか？」

彼は歯軋《はぎし》りした。自分の不様さに激怒したのである。月での戦いはまだ続いているのか？　だとしたら、こんなところで手も足も動かぬ自分は、ただの役立たずではないか。それを認めるのは、戦士としての誇りが許さなかった。

「誰か来い。我が飢えを満たし、我の自由を取り戻すための下僕となれ」

こうつぶやいたとき、左方から足音が近づいて来た。

警戒しいしい草を踏む音と足取り、歩幅から女のものとわかる。

グレイランサーは声を立てなかった。この先どうしたものか考えていたのである。どうやら人間の手を借りるしかなさそうだが、彼らがいまのグレイランサーを見て、不穏な気を醸成《じょうせい》しないとも限らない。彼は人間に対して支配者の優越を十分以上に抱いていたが、決して見くびってはいなかった。

考えがまとまらないうちに、足音の主はグレイランサーの前に立った。

腰までかかる黄金の髪に、風がかがやきをちりばめていた。ピンク地に青い花を散らしたワンピースは、あちこちにつぎが当たり、色褪《あ》せてはいたが、この娘が着るにはこれしかないと思わせるほど似合って見えた。

年の頃は十五、六。春夏の紫外線の痕《あと》をほとんど消し去ってしまった白い肌は、農家の者とは思えず、田舎臭《いなかくさ》さのかけらも見えない端正な顔立ちにふさわしかった。

グレイランサーの眼が細まったのは、娘のその美貌のせいではなかった。

右手に握った木の杖の上で、不安げに左右を見廻す顔は両眼を固く閉じていた。

「見えぬのか」

これが、娘に対する大貴族の第一声であった。

はっとこちらを向いた顔には、なお不安が強い。

「あなたは——どなた？　この辺の人じゃないわね」

「なぜ、わかる？」

「声が違います」

盲目の者は他の感覚が異常に鋭くなるという。生きるために身体が要求するからだ。

「ふむ。旅の者だ。少々疲れたので休んでおる」

「ああ、なら、いい場所で」

「確かに眺めはいいらしいの」

娘はちょっと小首を傾《かし》げた。

「らしいって——見えません？」

ようやくある疑問が、グレイランサーの口を衝《つ》いた。

「ここで何をしている？」

「景色を見に来たんです」

呆気《あっけ》ない返事に、グレイランサーはもうひとつ口に出した。

「見えぬのに、か？」

「見えなくても見えます。風は肌に触れ、花と草の匂いが胸いっぱいに広がる。義兄《あに》が空は蒼いと言う。それだけで、見えます――何もかも。あなたなら、私以上に見えるはずですわ」

「疲れすぎて動けぬのだ」

「まあ。あの――お腹が空いているのですか？」

「かも知れんな」

グレイランサーの血は流出し切っている。

「それは――」

娘は困ったように眉を寄せ、すぐに微笑した。

「あと三十分もしたら、私のお友だちが迎えに来ます。そしたら一緒に家へ行きましょう」

「残念ながら、口が傲《おご》っていてな。おまえたちの食事は摂《と》れん」

「あら」

娘は少し怒ったようである。しかし、怒りはすぐに消えた。そういう性格だと、険のない顔立ちが伝えている。

「じゃあ、何を召し上がるんですの？」

「知りたいか？」

「――ええ」

怯えが美しい顔に広がった。何気ない旅人の返事に何を感じたのか。

「ここへ来い」

グレイランサーの眼が赤光を放った。その顔へ、風が血臭を運んだ。

3

血のプールの中に、腰から切り離された巨体が横たわり、その上半身が近くへ来いと招いている。

どんな肝っ玉の太い人間でも三十六計の最後の手を使いたくなる光景だ。

しかし、盲目の娘はためらう風もなくそちらへ歩き出した。嗅覚も鋭敏化しているのだろうが、風上にいるせいで血臭に気づかないのである。

熱い血の巡る身体を杖で支え支え、ゆっくりと。

その木靴《きぐつ》を履《は》いた足が、血の輪の中に踏み入ろうとする寸前、

「止まれ」

とグレイランサーは命じた。

「え？」

娘はとまどったが、かろうじて踏み出す前の姿勢に立ち戻った。

「よいのだ。行くがよい」

「――でも」

娘はさらにとまどった。

「じきに寒くなる。早く家へ戻れ」

「あなたは――大丈夫なのですか？」

「ああ。何とか動けるようだ」

不審そうな顔が笑み崩れた。石が花に化けたように。

「よかった。じゃあ、大丈夫ね。でも、私も迎えが来るまではここを離れられないの。少し、お話しししません？」

「行け」

グレイランサーの声は硬い。彼は凄まじい欲望と戦っていたのだった。

自分の身体から流れ出た血潮が鼻孔を刺す。衰えた身体がそれを求めている。新鮮な血を。

それこそが、おまえを救う、と。そして、若い血潮は眼の前を駆け巡っているのだった。

それなのに、何故やめたのか。

娘は両手で杖にすがり、見えぬ眼で、奇妙な声の主を見つめた。

「私はレティーシア。あなたは？」

「名乗るほどの者ではない」

娘──レティーシアはちょっと哀しそうな顔になり、それから少しふくれて──微笑した。

「じゃあ、名無しさんでいいわね。どこから来たんですか？」

「星の裏側からだ」

ここの？　と娘が訊くまで二秒ほどかかった。

「本当に長い旅をして来たんですね。ねえ、この土地の裏って何が？」

「いまは何月何日だ？」

レティーシアは息を引き、それから答えを出した。

「翌日か。上ではまだ戦っておるか」

「え？」

「何でもない。娘、月について何か聞いたことはないか？」

「──月？」

少し考え、レティーシアの金髪は肯定の形に波打った。

「噂ですが、貴族の軍がＯＳＢの基地を壊滅させたと聞きました。大勝利を祝って、今年の〝貢物《みつぎもの》〟は一割減らしてもらえるそうですよ」

「そうか」

焦燥が消えていくのをグレイランサーは感じた。とりあえず、あわてて帰る必要はなくなった。

娘が首を傾げた。

「でも、いきなり月の話だなんて――わかった、あなた、吟遊詩人《トルバドゥール》でしょう」

「吟遊詩人？」

「凄いな。一度会いたいと思っていたんです。世界中を廻って詩を創《つく》る人に。まさか、今日会えるなんて思わなかった。ねえ、絶対に家へ来て下さい。私の家じゃないけど、義父《とう》さんも義母《かあ》さんもいい人だし、お客さん大好きだし、きっと喜ぶわ」

「喜ぶか」

「ええ」

レティーシアは何度もうなずいた。赤子のような仕草であった。グレイランサーの瞳がそれを映していた。

「その眼は生まれつきか？」

不意に訊かれて、娘は驚いた。

「あ、いいえ。五つの年から」

それまで世界は彼女のためにかがやいていた。

「辛いか？」

「勿論です」

「これは驚いた」

「どうしてですか?」

「何人か、同じ境遇の娘に同じことを訊いた。みな、いいえと答えた」

「そういう人もいます。でも、私は——」

片手で押さえた瞼《まぶた》から、光るものがこぼれた。

「どうした?」

訊いてから、グレイランサーは自分の行為に驚愕した。この私が人間に興味を抱いたのか。

「空も月も星も花も森も動物も家もみんなも、何もかも見えていたの。それが急に——。生まれつき見えない方が、ずっと幸せだったわ」

次の瞬間、レティーシアは身体を大きく震わせて頭をふった。

「ごめんなさい。私、見ず知らずの人に——どうしたんだろ? ごめんなさい、つまらないことを」

「いいや」

グレイランサーは困惑する娘を見つめた。

誰が想像しただろう、貴族が人間にこんな優しい眼差しを送るとは。

「辛いことを訊いた。許してくれ」

「そんな。気にしないで下さい。もう慣れてますから」

「手は尽したのか？」

「もういいです」

娘は明るく笑った。

「よくはない。〈都〉へ行けば治せるかも知れん」

「それって、貴族の手術を受けろってことですか？」

「そうだ。彼らなら、視力くらいはいくらでも取り戻せる。全く同じ眼を作ることもできるだろう」

白い美貌がまた笑った。今度は哀しそうだった。

「どうした？」

可憐《かれん》な手が両の眼を押さえた。

「私の眼を持っていったのは、貴族です」

「そうか。ここの領主か？」

「とんでもありません」

レティーシアは狂気のように首をふった。

「そんなこと二度と口にしないで下さい。ご領主は――マイエルリンクさまは、心底から私たちを大切に扱って下さっています。あんな立派な貴族、他にはおりません」

大貴族は、娘の耳には届かぬくらいに小さく朋輩《ほうばい》の名を口にした。

「あの点数稼ぎめが。しかし、奴の領地なら都合がいい。貸しを返せと押せば、賓客扱《ひんきゃくあつか》いだ」

「あの、何か？」

「何でもない。その眼を奪った貴族というのは？」

「私はいまの両親のもとへ養女にやられたのです。実家は役に立たない娘を養っていく余裕はありませんでした。そうなった原因は、実家の近所に住んでいた一家が〈反貴族同盟〉へ加わろうと、村を出て行ってしまったからです。彼らは途中でご領主の部下に捕われ、村へ引き戻されて処刑されました。車裂きの刑って、ご存知でしょうか？」

「知っておる。両手足と首とを馬車につなぎ、一斉に走らせるのだ」

グレイランサーは我知らず唇を舐《な》めた。凄惨な光景を連想してしまったのだ。血の海を。

それにも気づかず、レティーシアは俯《うつむ》いた。こちらも思い出したのだ。

「処刑されたのは、逃亡した人たちだけじゃなかった。彼らの親族にも累《るい》は及んだのです。その中にいつも私と遊んでくれていた幼馴染《おさななじ》みのお兄さんがいた。刑場へ運ばれるお兄さんに私はすがりついた。そのとき、ご領主の家来が、鞭《むち》で私の眼を打ったのです。それからずっと、私は闇の中にいます」

「——辛いことだな。おまえの眼を奪った貴族は、その兄とやらより百倍も無残な死を迎えるだろう」

「もうやめて、そんな話」

娘は何度も頭を横にふった。光るものが眼と頬から飛び散った。

「もう死ぬだの傷つくだのは沢山。貴族は身体をばらばらにされても平気だけれど、私たちは、痛い痛いと泣き叫びながら死ななくてはならないのよ」

「ふむ」

グレイランサーは下半身へ眼をやった。

「――ごめんなさい。はじめて会った人の前で。何だか涙もろくなってるのね。詩人なら、色んなことわかってもらえると思うから」

レティーシアは涙を拭って、

「ね、よかったら、ひとつ私に詩を創ってくれませんか？」

「詩、か？」

「はい」

「その前に訊きたい。おまえの眼を奪った領主というのは誰だ？」

「グレイランサー卿です」

野面《のづら》を冷たい風が撫でた。緑の波が一斉に揺れた。ここは草原であった。

「――レティーシア」

と彼はつぶやいた。

「もうひとつ訊きたい。おまえの声、その領主を――怨《うら》んではおらぬのか？」

「私の眼を奪えと命じたわけではありません」

「しかし」

「私の眼を奪った家来は怨んでも怨み切れません。彼の墓がわかったら、何回しくじっても心臓へ杭を打ち込むでしょう。でも、ご領主に怨みはありません」

「ま、領主はよいとして、貴族に怨みを抱いてはおらんのか？」

「幸も不幸も運命だと、母に教わりました」

「母に？　おまえを捨てた親ではないのか？」

「生きるためには仕方がなかったのです。父も母も私の手を握り、何度も泣きながら詫びました」

「別れというのは、それほどに辛いということか？」

「そう問えるなら、あなたは幸せな人だわ。よかった」

「よかった？」

「ええ。そういう人がいて嬉しい。そういう人に会えて嬉しいわ」

グレイランサーは娘の微笑から眼を離して、頭上を仰ぎ見た。

蒼みを増した空に、はっきりと浮かぶ月を見ることができた。半日以上前、彼はその裏で死闘を展開し、いま四十万キロ離れた母なる星の草原に横たわっているのだった。

そばには、彼に会えて嬉しいという盲目の娘がいた。

「おまえの母は他に何を教えた？」

「運命を怨んでも仕方がない。不幸の原因を憎むのも怨むのもいいけれど、それで世界を悪しきものとは決して思うな、と言われました。眼を奪った貴族を憎んでも、他の貴族を怨んではならない。彼らもまた、生きるものなのだ。そして、生きている限り、人も貴族も迷い苦しむものなのだ、と。だから、私は貴族を怨んではおりません」

レティーシアはほつれた髪を掻《か》き上げて弄《いら》うように言った。

「さ、創って。詩人さん」

「断っておくが――下手な詩だぞ」

グレイランサーは、驚天動地の内容を口にした。

「はい」

小さくうなずいた娘の髪は金髪で、色褪せたワンピースは世界一似合うドレスのように見えた。

閉ざされた眼には何も映らぬ代わりに、娘は蒼穹の下にいた。

グレイランサーから詩を創ったことがあると言われれば、貴族たちは腹を抱え、肩を叩いて、世界最高の冗談だと笑うだろう。

だが、あった。
ただ一編。
彼はそれを捜していた。
風が二度、その髪を撫でたとき、朱色の唇はこんな言葉を紡《つむ》ぎはじめた。

おまえが影を連れて踊りはじめたとき
私には、操る糸が見えなかった
踊るがよい
運命《さだめ》の糸を夜に断って踊れ
運命にも私と同じステップを踏ませるために

草の波がうなずくように揺れた。風がある。昼の光が夜の詩と詩人を包んでいた。

第五章　弓師アロー

1

声が熄《や》むと、レティーシアは草原の彼方を眺めた。詩には夜があり、彼女は光の中にいた。

「母さん以外の他人《ひと》の詩《うた》――はじめて聞きました」

「気に入ったか?」

「とっても」

娘は胸前で両手を握りしめた。

「でも、哀しそうな詩です」

「哀しそう?」

グレイランサーは奇異な思いを抱いた。口にした自分が感じた覚えのない感情であった。

いつこしらえたのか、と考えた。

どうして、そんな気になったのか。

集中した意識がひどく遠くへ向かうのを彼は感じた。

急に開けた。

きらめくシャンデリア。夜会服に身を固めた男女。

パーティか。だが、いつのことだ。そして――

意識は夜の人々の間を巧みにすり抜け、ベランダへ出た。大理石の床が月光を映していた。

影のように歩く人々の中に、彼女は立っていた。

白いドレスは月光を紡《つむ》いだものか。剝き出しの肩と背が水のように光るばかりで、顔は見えなかった。

その名を呼ぶがいい、グレイランサーよ。

彼は眼を閉じた。いまは夜会にいるのだった。

ああ、その名は――

女がゆっくりと上体を巡らせた。

名を忘れても、顔を見れば――

夜の奥で車輪《わだち》の音がした。

グレイランサーは眼を開いた。

音の方へ眼を凝《こ》らしても、草の波以外は何も見えなかった。

「どうかしました？」

レティーシアも彼の異変を察した。

「馬車が来る」

娘は道の方へ耳を澄ませたが、

「何も聴こえません」

と言った。

貴族の耳は、数キロ先の音も聴くことができるのだった。

「迎えが来たようだ」

「え？」

「だが、間に合わん」

「え？」

「別のものも来る。血の臭いを嗅《か》ぎつけたな。娘、道へ出る方角はわかるか？」

「はい」

「身を低くして走れ」

「——何が？」

「妖物だ。西から真っすぐやって来る。早く行け」

「あなたは、どうするんですか？」

「何とかなる。私は不死身でな」

「そんな貴族みたいなことを――一緒に逃げましょう」

グレイランサーは娘の必死な顔を見て、下半身に眼をやった。

彼女の上半身と密着すれば、身体はたちまち自由を取り戻す。

「行け」

これは叱咤《しった》であった。貴族の一喝だ。弾かれたようにレティーシアは後じさり、ふり返りふり返り、たどたどしい足取りで走り出した。

その姿が草の向うへ消えたのを確かめてから、

「さて、どうする？」

とグレイランサーはつぶやいた。

さしてあわててはいなかった。妖物に貪《むさぼ》り食われようと、貴族は甦る。だが、無抵抗のまま獣の牙に引き裂かれるなど、プライドが許さなかった。

「動け」

彼は右手に意識を集中させた。

「動かぬか。動け」

前方の草を掻《か》き分けて、鮮やかな色彩《いろ》をまとったものが現われた。

ずんぐりした一メートルほどの胴体にも、左右にのびた十メートル超の八本の脚にも、黄色い地に黒点が散っている。

形態からすれば巨大な蜘蛛《くも》であろう。そいつは動きを止めて、グレイランサーを見つめた。

「ジンメングモか。マイエルリンクめ、人間思いと言いながら、野放しか」

そのつぶやきに応じるかのように、胴とも頭部ともつかぬ球体の表面に十文字の切れ目が走るや、内側からそれを押しのけて顔が現われた。

中年の——男の顔が。

「最後の獲物か」

グレイランサーは面白そうに唇を歪《ゆが》めた。この妖物の餌《えさ》は人間に限られる。そして、最後の餌食《えじき》の顔を再現するが故に、ジンメングモと呼ばれるのだ。

その顔の左右に別の顔が現われた。右側は白髪の老婆、左側は十六、七の少年だ。生前ののを写し取った顔には鬼気が漂っていた。

「ひとり寝には飽いた——来い」

それは挑発の言葉であった。様子を探っていた巨大虫の人面がほころんだ。人間そのものの笑みの、何と不気味なことか。

三匹の虫は一気に五メートルの距離を縮めた。

それが天上から降って来たのは、先頭の中年男が、かっと口を開いてグレイランサーの頭部へ食いつこうとした瞬間であった。

何処から射た。

いや、どうやって狙いをつけたのか。優美な弧《こ》を描きつつ降下して来たそれは、三本の朱色の矢に化けるや、三匹の背中から胸まで抜けた。

蜘蛛は悲鳴を上げた。この後、草原は半径二キロに亘《わた》って枯れ果て、二度と草は生えて来なかったが、原因はこの瞬間に胸から流れた毒血と、この悲鳴である。

三つの断末魔を眼のあたりにしながら、グレイランサーは、

「ほお」

と洩らした。草原の何処かにいる射手の手練に感心したのである。

矢の侵入角度から計算すれば、射手は二百メートル以上離れている。そこから蜘蛛たちが見えるとは思えなかった。標的を見ずに命中させることが可能か否か。しかも、三匹。

グレイランサーの足下へ、蜘蛛たちが横倒しになった。

同時に顔が離れた。痙攣する胴に空洞を残して顔だけが脱け出したのである。

それは見る見る八本の脚を生《は》やすや、猛烈な勢いで草むらに走り込んでしまった。

入れ替わりのように、馬車の車輪が軋《きし》みながら近づいて来た。一分としないうちに、首のないサイボーグ馬に引かれた荷馬車が道の奥から現われた。

手綱と弓を摑んだ若者の隣にレティーシアが乗っている。

彼は飛び降りて、矢をつがえた弦《つる》を引きつつ、こちらへ駆け寄って来た。

五歩と進まず足が止まった。彼は盲目ではなかった。

その口が、〈貴族〉と放った刹那、若者の意識は失われた。その眼は赤く燃えていた。グレイランサーの瞳であった。

「来い」

と大貴族は言った。

思いきり弦を引いたまま、若者は覚つかぬ足取りで歩き出した。意志は奪われても潜在意識が反抗しているのだ。

だが、ついに彼がかたわらに立つと、

「下半身を胴につけよ」

とグレイランサーは命じた。

それなりの服装からして、この若者はレティーシアの養育先の者に違いない。男らしい風貌と、レティーシアを迎えに来た事実からして、義理の兄だろう。何より生命の恩人だ。

そのすべてを大貴族は無視した。彼は領主であり、若者は定期的に血を提供する以外は、その庇護《ひご》下にある使い途《みち》のない家畜であった。

若者は弦を戻し、弓を足下へ置いた。

ぎごちない動きは、なおも闘いを続けているらしい。

その手が下半身にかかったとき、大貴族はにんまりと笑った。

若者は怖るべき作業をやり遂《と》げた。

汗まみれであった。肉体的な労働より、せめぎ合う意志と精神の結果である。

「よかろう」

とグレイランサーはうなずいた。眼が血光を放っている。

「名は何という?」

「――アロー・ベルゼン」

悔しげな声だ。グレイランサーの笑みはさらに深くなった。

「……何故……貴族が……昼間……外に?」

と若者は喘《あえ》ぐように訊いた。精神《こころ》はまだ折れていない。

グレイランサーは無視した。

「幾つだ?」

「……二十歳」

「おお、血色のよい頬をしておる。身体を巡る血は、さぞや熱く甘かろう」

右手が上がった。つながった身体に潜在的な力が稼動しはじめたものと見える。

「来い」

手招いた。

若者は抗《あらが》った。噴き出した汗が顎《あご》から滝のように滴って土を溶かした。何度か服従と反抗の動きを繰り返し、若者は膝をついた。

「面倒な人間だな」

グレイランサーは黒髪を鷲摑《わしづか》みにした。ぐいと胸もとへ引き寄せながら捻《ひね》ると、頸動脈が眼の前に来た。

「どれ」

蒼茫《そうぼう》と暮れゆく世界に朱《あか》い唇が開いた。


「アロー」

不安げな娘の声が、グレイランサーの顔をもとの位置に戻した。

杖をつきつきやって来るレティーシアの姿を見た瞬間、彼の眼の凶気が動揺した。盲目の勘か、娘は二人の少し手前で立ち止まった。

「ここだわ。二人の気配がある。アロー、ここにいるのね？」

「ああ」

若者はグレイランサーから離れて立ち上がった。弓を拾い、矢を背中の革製の矢筒《やづつ》に戻した。

「とんでもないことをさせられたけど、もう済んだ」

「よかった。ありがとう」

「ジンメングモが三匹死んでる。それ以上近づくな」

「あなたがやったのね。凄いわ」

「大したことはないさ」

アローはグレイランサーを見下ろして、

「歩けるかい?」

と訊いた。

「何とか、な」

グレイランサーは、立ち尽すレティーシアに眼をやった。

「おまえの恋人か?」

「そうだ」

答えたのはアローである。レティーシアは真っ赤な顔でうなずいたきりだ。

「いい男だ。幸せになるがいい」

「ありがとうございます」

「馬車へ行こう。じきに日が暮れる。うちに泊まってもらおう」

「そうね」

レティーシアは、彼女の理解している状況を微塵《みじん》も疑っていない笑みを見せた。

「この人は吟遊詩人よ」

レティーシアは歩きながら言った。その足取りに不安な眼差しを注ぎながら、アローがうなずく。

「そうか――詩人ね」

「素敵な詩をこしらえてもらったわ。あなたにも聞かせてあげたい」

「結構だ」

「こら。ごめんなさい、いつもこうなんです」

「義兄妹になるか」

グレイランサーは二人の前を歩いていく。

「そうだ。だが、一緒になりたいと思っている」

「それはいい」

「あの――そのときは、あなたも出席して下さいませんか？」

レティーシアの申し出に、アローは眼を剝いた。

「おい、彼は――」

「吟遊詩人よ。それも素敵な詩を吟《うた》う。さっきみたいな詩、私たちの式のときも書いてくれませんか？　絶対に招待状出しますす」

「出した先に、私がいればな」

「あ」

とレティーシアは息を引いた。泣くような声で、

「どうしたらいいんでしょう。どうしたら出てもらえるの？　――そうだわ、私に手紙を下さい。毎日だの毎週だの言いません。月に一回でいいんです。で、いまは何処にいるか、次は何処にいるか教えてくれれば、いいえ、駄目だわ、それじゃ少なすぎる。吟遊詩人は毎日旅してるんですものね。やはり、毎週下さい――あの、よかったら」

何故か理由はわからない。〝よかったら〟のせいかも知れない。とにかく、グレイランサーはのけぞるようにして笑った。

「ははは。週に一度か。よかろう、引き受けた。それほどに私の詩が聞きたいのか、レティーシアよ」

「はい」

「声が違う。随分と元気になったものだな」

アローがすねたように言った。

2

三人は荷馬車に乗った。

サイボーグ馬が走り出すと、

「おまえの弓は何処で習った？」

　とグレイランサーが訊いた。

「旅の弓師《ボウマン》さ」

　アローは鞭《むち》をふるった。スピードが増した。

「見えない敵も射倒せる――それは妖弓術《イーブル・ボウ》だ。貴族の中にも使いこなせる者は十指に満たない
と言われる。射程はどれくらいだ？」

「試した最大射程は二キロ先だ。でも、その弓師は、十キロを越えたことがあると言った」

「見えない標的をどう射る？」

「一度見た相手なら、何処にいても命中させられる。家の中だろうと地下のワイン蔵だろうと、
水中を走る船に乗っていても、だ。顔を見ない相手でも、写真か絵があれば問題ない」

「どちらもない場合は？」

「その姿形をできるだけ詳しく聞いて射る」

「それもできなかったら？」

「その標的の髪の毛一本、皮膚の一片、爪のひとかけらでもあれば」

「無しだ」

「では名前で射るしかない」

「ほう、できるか？」

「ただし、命中率は十パーセントに落ちる」

「ふむ。怖るべき技だな」

心底からの評価であった。人間が使うからと言って、見くびることはしない。それがグレイランサーという男であった。そして、彼は怖るべき質問をした。

「貴族を射たことがあるか？」

「残念ながら。その弓師も貴族相手に使ったことがないと言っていた。だが、その気になれば、狙いは外さん」

それきり黙った男たちと娘を乗せて、馬車は小一時間ほど走り、小さな村へ入った。

その中央広場の西に近い一軒が、アローとレティーシアの家だった。

養女を迎えるだけあって、建築資材に金をかけた広い農家であった。

三人は納屋で馬車から下りた。

「毛布は後で」

とアローが告げるのを聞いて、レティーシアはあわてた。

「何を言うの、義兄《にい》さま。お客さまを納屋へお泊めするなんて、失礼だわ」

「気にするな。彼には私のもてなし方がわかっている。そして、正しい」

当人にこう言われて、レティーシアも黙る他なかった。

「お義父さんとお義母さまはどうするの？」

「後でおれから話しておく」

短く答えて、アローは納屋を出て行った。

「何だかおかしいわ、義兄さん」

つぶやくレティーシアへ、

「私への扱いなら、私が望んだものだ」

「いつ？」

「あの草原で、おまえが私のもとへ来る前に」

「どうして母屋へ入らないのですか？」

「詩人は人付き合いが苦手でな。ひとりきりで言葉を相手にしている方が性に合う」

ひとつひとつが鉄のように重い言葉であった。レティーシアは納得した。

「じゃあ後で。お食事を持って来ます。そのとき、あなたが見た土地の話を色々聞かせて下さい」

そして、レティーシアも去った。

六十ワット電球ひとつの下に、グレイランサーは残された。彼を取り巻くのは藁《わら》の山、大小の鍬《くわ》や鋤《すき》や鎌《かま》。木製の運搬車、肥料や種の袋とその噴霧器。どれも百年も前から建っていることの納屋の内部《なか》で、千年も彼を待っていたようだ。

妙に懐かしい光景だ。その理由は、もうわかっていた。

「あの女——ミチアと言ったか」

槍の穂に身体の半ばまで斬り下げられた村長の妻——その死を看取ったのも、同じ納屋の中であった。

「夜はこれからだ。はて、何が起こる。まずは晩餐《ばんさん》か」

ケープが海のように躍った。風だった。

大貴族は大きく開かれた戸口から、観客の待つ舞台へと向かう名優のごとく、風を切りつつ夜の中へ出て行った。


母屋へ戻ると、すぐ食事になった。

レティーシアは吟遊詩人の話をした。

「そりゃよかったね」

と義母はふくよかな顔をほころばせた。

「吟遊詩人なんてはじめてだけど、気前のいい人だね。それで食べてるんだろうに」

「レティーシアなら、大概の男はサービスがよくなるさ」

こう言ったのは、農家の主人とは思えぬ痩《や》せぎすの義父である。盲目のレティーシアは農家にとって無益の存在である。それを、

「こんなきれいな娘なら、いるだけでみなが明るくなる」

と主張して養女にした。レティーシアはその日から感謝を忘れたことはない。

その言葉どおり、この家でレティーシアは実の娘のように扱われた。義兄のアローだけが無愛想だったが、しばらくすると、それは本来の優しさの裏返しだとわかった。

レティーシアの世話をしてくれたのは、下女のミランダと下男のアルツだった。

どちらも口数は少ないが、よく働き、養女だからとレティーシアを邪慳《じゃけん》に扱うことはなかった。

そのミランダが、大鍋《おおなべ》からよそったシチュー皿を一同の前に並べながら、

「にしても、礼儀知らずな詩人だこと」

と異議を唱えた。

「納屋とはいえ、他人《ひと》の家へ世話になるのに挨拶もないとは、人の道に外れとるわ、なあ、アルツさん？」

小柄だがたくましい下男は、このとき、壊れた暖炉の修理をするため食堂にいた。

すぐに否やの返事はしなかったが、修理が一段落したらしく、じきに、

「それ、ほんとに詩人ですかね？」

抑揚《よくよう》のない声で訊いた。

「いえ、おれは昔、東の〈辺境〉で見かけたことがあるんですよ。詩人だから、どんな神々しい顔や雰囲気してるのかと思ったら、うす汚れたオヤジがボロまとって、傷だらけの小さな琴

抱えてるだけでね。子供らが詩を作ってよって追いかけても、見向きもしやしねえ。結局、村長の家で飯食わせてもらって十も二十もこさえたって聞きましたが、二、三年経って、そのときの村長の息子が書きとめといたやつが一編、公開されたんでさ。それが、あんた、おれでも書けるくらいひでえ出来栄えで。ありゃ、生まれたばかりの赤ん坊が唱えたんだってみな呆れ果てましたよ。いや、詩のこっちゃねえ。詩人てな、お嬢さん、それくらいシワいもんなんですよ。生きるてな、そういうこって」

「じゃあ、その人はニセ詩人かい？」

ミランダの眼が細くなった。

「わからねえ。ただ、誰だって飯の種を大盤振る舞いはしねえだろうってことよ」

「アロー」

と義父が、黙々とスプーンを動かす息子へ眼をやった。

「詩人かどうかはわからないが、人間じゃないよ」

と息子は答えた。

「何ィ？」

「——悪い人間じゃないよ」

「私もそう思います」

レティーシアが援護射撃を受け持った。

「創ってくれたのは、哀しそうな素敵な詩でした。それに少し怖いけど、とっても優しい人」

義父母は顔を見合わせた。眼の見える人間よりも、盲目の娘の評価がより的を射ていることに、この二人は気づいていた。

「レティーシアがそう言うなら、そうなんだろう」

と義父が言い、ミランダが肩をすくめてみせたのを唯一の抗議として、納屋の詩人の話は終わった。

「それより、アロー。おまえ、まだ貴族の軍隊へ入るつもりじゃないだろうね？」

義母がパンをちぎりながら訊いた。固いので、唇が歪んでいる。

不安げな母へ、息子は親不孝な答えを返した。

「軍隊じゃないよ、親衛隊さ。昼の間、墓を守るんだ」

「人間がそんなことをして」

「人間しかできないだろ？」

「機械があるじゃないか」

「機械ならＯＳＢの方が進んでる。いつ、反抗や裏切りをインプットされないとも限らない。護衛には人間がもってこいなのさ。それに、下僕じゃない人間を身近に置くというのは、一種のステイタスなんだ」

「そりゃそうかも知れないけど、何もおまえが」

溜息をついて口をつぐんだ義母に代わって、義父が正直なところを口にした。

「おれたちの身になれ。〈反貴族同盟〉に襲われたらどうする？」

「大したことはないさ。貴族の胸の中へ飛び込まなきゃ貴族は斃《たお》せないと、工作員に言っとくさ。あいつら、貴族憎しで頭に血が昇ってるから、涙の壮行会を開いてくれるよ」

「だからって――」

「おれは正直、貴族にも人間にもあまり関心はないんだ。ただ、スレイド師匠に教わった妖弓の技が、貴族のレベルでも通じるかどうか、試してみたいだけなのさ」

「貴族がいま必要なのは、弓なんかじゃなくて、〈感応者《テレパス》〉だと聞いたぞ」

「駄目ならあきらめるさ。だが、試しもしないで一生を送るなんぞ、おれの性に合わないいんだ」

両親は顔を見合わせてから嘆息し、食事に戻った。ただひとり、胸の中で拍手していたのはレティーシアであった。無口だが男らしく、二人きりのときだけつまらない冗談を口にするこの義兄を、レティーシアは心から愛しているのだった。

食事を済ませ、グレイランサーの分を届けようとレティーシアが立ち上がったとき、近所に住むサバゴニン夫婦がやって来た。

急な訪問の詫びを丁寧にしてから夫が、

「村長のところへ行く途中で、大きな男とすれ違ったんだが、あれは貴族じゃないか？」

声が震えている。妻がマフラーをし直した。

「まさか。ご領主は予告なき訪問を禁止なさっているだろ。逆らう者なんかいない」

義父がはっきりと否定したが、サバゴニンはこれもマフラーを立てて、

「それが、おれは〈北〉へ出向いたとき見たことがあるんだが、そこのご領主そっくりなんだ。いや、あれは当人さ」

「〈北〉の領主といや、グレイランサー卿だ。まさか。どうして〈北〉のご領主がここに？」

「そんなことわからないわ」

とサバゴニン夫人が蒼白な声をふり絞った。

「でも、あの妖気漂う大きな姿、あのマント。貴族——それも大物に間違いないわ」

血走った眼が、アローに向けられた。

「あなた、弓が上手よね。ね、追っかけて何しに来たか確かめて。出くわしたところまであたしたちが案内するから。それが頼みたくて来たのよ」

レティーシアは破裂しそうな心臓の音を聞いていた。大きな人でマントだって、まさか、あの人が？

「わかった、用意して来よう」

アローが立ち上がった。

「ちょっとお待ちよ。どうしておまえが――」

義母の声へ、

「大丈夫。途中で助けを連れてくさ」

無愛想に応じて出て行った。義父は何も言わなかった。これも、貴族の支配する〈辺境〉の日常なのだ。

3

部屋に戻って矢筒を背負い、弓を摑んでアローは納屋へ行った。

詩人の不在を確認したかったのである。結果はすぐに出た。

そこへレティーシアが来た。

「やっぱりいないのね、〝名無しさん〟?」

「ああ」

「あの人は貴族なんかじゃないわよね。だって、昼間だったのよ」

「そうだ」

「じゃあ、サバゴニンさんが見た貴族っていうのは〝名無しさん〟じゃないわ」

「いや。そうだ」

レティーシアは愕然《がくぜん》と恋人の方を見つめた。

「どういうこと？」

「陽の下を歩く貴族の話——おまえも知ってるだろ？」

アローはゆっくりと歩き出し、レティーシアのかたわらを抜けた。

「聞いたことはあるわ。でも、あれは嘘っぱちでしょ？」

「必ずしもそうじゃない。〈反貴族同盟〉の奴らから聞いたが、〝神祖〟には、〈都〉の科学センターに依頼したプロジェクトが幾つもある。その中のひとつが、『昼も生きる吸血鬼プロジェクト』だそうだ」

「長い名のプロジェクトね」

「全くだ」

アローの声は、レティーシアの真後ろから聞こえた。

「でも、そんなこと不可能よ。陽の光の下を歩く貴族なんて。信じられないわ」

「全くだ」

アローの腕が白い首に巻かれた。

「駄目よ」

あわててふりほどこうとしたが、離れなかった。

義兄の熱い息が首すじにかかり、レティーシアは小さく喘いだ。

「こんなところで、いけないいわ」

「じきに、いけなくなくなるさ」

「あ」

熱い唇が吸いついた。

すぐに離して、

「あの人が貴族か――おれに言わせりゃ、あいつらの方がおかしい」

「あいつら？」

「サバゴニンさんらはどうした？」

「義兄《にい》さんが部屋へ行ってる間に帰ったわ。――まさか⁉」

「夫婦して、しきりにマフラーを巻き直してたろ。すれ違ったと言ったが、それだけじゃなかったかも知れない」

「血を――吸われたって？」

「残念だったね」

落ち着いた声が、二人を人間離れした速度でふり向かせた。

「サバゴニンさん⁉」

夫婦はさっきとは別人のような、温かい笑みを浮かべていた。

「血なんか吸われていないわよ、ほら」

夫人がマフラーをずらした。

首は黄色で黒い斑点《はんてん》が散っていた。

「貴族と会ったのは本当さ。あの草原で食らうつもりだったのに、おまえが邪魔したんだ。今夜はそのお礼に来たのさ。この夫婦を先にいただいてな」

サバゴニン氏も派手な首を露《あら》わにしていた。

手の指にはひどく長い爪がつき、指自身が、義兄妹《あにいもうと》の見ている前で、ぐんぐんのびていった。

「ジンメングモか」

アローがこう言ったとき、布地の破れる音がして、人間の衣服が地面に落ちた。

「確か三匹いた。もう一匹はどうした?」

「おまえたちの両親を訪問しているわ」

夫人の声は、地上三メートルの高みから下りて来た。

首の下にはずんぐりした卵型の胴がつき、それを支えているのは、十メートルもある八本の脚だった。

「兄妹《きょうだい》で乳繰り合うとはモラルも地に堕《お》ちたが、おかげで弓は地面に置きっ放しだ。おっと、もう間に合わんぞ」

夫の脚が動くと、蹴られた弓は納屋を横切り、奥の壁にぶつかった。

「あの貴族は帰って来てから食らう。人間の血をたっぷりと吸いに出たのだろう。さぞや美味《うま》かろうよ」

「そのとおりだ」

愕然としたのは虫どもの方であった。

同時にふり向いた戸口の方で、びゅっと空気が鳴った。

サバゴニン夫人の身体が大きくとびずさり、五メートルもの空中で停止した。

すでに断末魔の表情を浮かべたその胴から背までを貫いた銀色の長槍が、滝のように滴る妖物の血潮で濡れるさまを惚れ惚れと眺めつつ、

「おまえたちが私を見抜いたごとく、私もおまえたちの正体を看破しておった。ひょっとしたらと思い、喉湿し《のどしめ》の後で急ぎ戻ったら、案の定ここに来ていたか。つまらぬ怨《うら》みを抱かねば、いま少し生を長らえたものを。おお、痛むか、苦しいか。虫けらといえど、女の断末魔の快楽ほど、得難いものはない」

名も無き吟遊詩人は槍を引き、また突いた。

槍の穂から抜けた雌虫《メスむし》の身体は凄まじい勢いで天井にぶつかり、爆発でもしたかのように四散した。

グレイランサーはふり返って上空を見上げた。

残った雄――サバゴニン氏が跳躍したのである。一メートル四方ほどの天窓から月光が降りそそいでいる。彼は頭から抜けた。脚は棒状にのばし、章魚《たこ》のようにも見えた。

宝石のように散り落ちる窓ガラスの下で、グレイランサーもまた地を蹴った。

片手で窓枠を摑み、一気に屋根へ躍り出た。

ぐるりを見廻すまでもなく、隣家の屋根へと飛び移るサバゴニンを捉えた。

月光の下を飛び移る巨大な蜘蛛そのものだ。

「アロー」

と呼んだ。

「射れるか？　師匠の名を汚《けが》すな」

返事は天窓から放たれた風を切る音であった。それが一本の矢だと識別し得たのは、グレイランサーの眼ばかりだ。

すでに黒点と化していたジンメングモの魔性の勘はそれに気づいた。

虫は屋根から飛んだ。その家は通りの端に立ち、通りを渡り切った場所は広場であった。過去には宗教的な施設だったらしい廃墟と、巨大な石を重ね合わせた石室《いしむろ》があった。

五十数年前、〈都〉の研究施設から調査団が送られ、石室の地下に安置されていた石棺が発見された。内部《なか》には三千年前のものとの認定を受けた人間型の生物の木乃伊《ミイラ》が納められていたが、生物の正体については何もわかっていない。身に着けていた衣裳《いしよう》や首飾り、その他の副葬品は調査団が持ち帰ったが、いつの時代のものか、いまなお村には結果が伝えられていない。

虫は石室の内部に隠れた。天井と三方は巨石に覆われ、剃刀《かみそり》の刃が入る隙間もない。出入口は虫の進行方向と同じだ。後方から放たれた矢が侵入し得るはずはなかった。

虫は安堵《あんど》の息をついた。昼間、草原で母体が射ち抜かれたときの痛みと恐怖は生々しく胸に灼きついている。三つある肺がひとつ息を吐いた。

途中で一気に吐くことになった。

眉間《みけん》から後頭部を抜け、胴まで貫いた矢が、前方の出入口から入って来たと気づく前に、虫は死んだ。


「仕留めたな?」

かたわらに着地したグレイランサーの声に、アローはうなずいてみせた。満足の詰まった声である。昼の三匹に続いて彼の妖弓術は真価を発揮したのであった。

「もう一匹いる。行けい」

「承知」

と応じた手は、新しい矢を弓につがえている。アローは母屋へと走り去った。

目標が何処にいようとも追いすがり、空間がつながっている限り急所を貫かずにはおかぬ——それ故の〈妖弓〉であった。

誇らしげな、そして傲慢《ごうまん》そのものの顔つきが、しなやかに佇《たたず》む影を見て、淡雪のように消えた。

「レティーシア」

名も無い詩人を愛した娘は可憐《かれん》な顔を横にふった。

「あの詩を作って下さったのは、誰？」

「私だ」

とグレイランサーは答えた。

「あなたは誰？」

「グレイランサー――〈北部辺境区〉の領主だ」

「私の知らない人ね」

レティーシアの声は限りなく寂しげであったが、ひどく澄んでもいた。

「私に詩をくれたのは、遠い国を旅して来た人。その眼で見た色々なことを私に話してくれると約束した人。照れ臭そうにしながら、とても素敵な哀しい詩を創ってくれた人。どうして、私の血を吸わなかったのですか？」

「世話になった」

グレイランサーは馬車の方へ歩き出した。

開け放たれた扉の向うから、サイレンの音が流れて来た。緊急警報だ。

「血を吸った者の家族が気づいたか。後はまかせたぞ」

「そのために……ここへ？」

「おまえの血は何故か吸えなかった。義兄には催眠術をかけてあるだけだ。村を出たら解いておく。幸せに暮らせ」

巨体は戸口を出て、サイボーグ馬を連れて戻った。

荷馬車とつなぎ、御者台へ乗って、

「さらばだ」

と言った。

娘は白い指で外をさした。

「〈西国街道〉へ出て北北東にお進みなさい」

少し間を置いて、

「礼を言う」

グレイランサーは馬にひと鞭当てた。

馬車は走り出した。

車輪の音が敷地を出、夜の奥に消えるまで、レティーシアはその場に立ち尽していた。

踊るがよい
踊るがよい
運命の糸を夜に断って

アローが戻って、両親がジンメングモの生き残りに殺され、自分が仇を討ったと伝えたのは、それから二分と経っていなかった。

第六章　慈悲深き領主

1

一時間も行かぬうちに、一機のオートダインが上空に現われた。

まばゆい光が街道の荷馬車とその御者を照らした。車輪は止まらない。光が追って来た。

「我々は、マイエルリンク卿麾下《きか》のパトロール隊だ。お見受けしたところ貴族のようだが、姓名と目的地をうかがいたい」

「姓名はグレイランサー。目的地は――」

驚きの声が大貴族の言葉を中断させた。

「おお、やはり。知らぬこととは言え、ご無礼の段、平にご容赦《ようしゃ》を。ただちに、主人《あるじ》の城へお連れ申し上げます」

「よい」

「は？」

「私はこのまま領地へ戻る。この先も、おまえたちのような邪魔が入らぬよう仲間に伝えておくがよい」

オートダインを操る者は明らかにあわてた。

「それでは、我らの役目が果たせません。グレイランサー卿の消滅については、ＯＳＢ攻撃隊から直接連絡が入っており、〈辺境〉を含む全世界を調査せよとの指示が〈都〉からも出ております。まさか、当領地内におられるとは――お眼にかかれて光栄です。なにとぞご同行ください」

「私の名は？」

地の底から噴き上がるような声が、オートダインを震撼《しんかん》させた。

「グレイランサー卿であらせられる」

「行かぬと申した」

オートダインの声は沈黙した。

「……しかし……」

の声は、荷馬車が光輪の外へ出てから絞り出された。それに対して、

「言い訳に困るなら、マイエルリンクにはこう伝えろ。おまえは虫が好かん、とな」

荷馬車は走りつづけた。

前方にもう一度、巨大なロードダインが現われたのは、五分後であった。

全長百メートルを超す船体は、剣や槍を思わす凶々《まがまが》しい装飾で覆われていた。誰が見ても貴族――それも武闘派の血脈を継ぐ者の船とわかる。

「グレイランサーともあろうものが、何という不様な箱に乗っておる？」

豪快な声が降って来た。

ちら、と見上げて、

「〝ゼウス〟か」

小莫迦《こばか》にしたように洩らして、グレイランサーは走りつづけた。

「待て待て。相も変わらず無愛想な男よ。ま、無事なのはわかっておった。何と言ってもグレイランサー。どうだ、ここで会ったのも何かの縁だ。わしはいま、あの腑《ふ》抜《ぬ》け――おっと、マイエルリンクの居城におる。他人の城だが、旧交を温めんか？」

「虫が好かん」

〝ゼウス〟の声は大笑した。

「よきかなよきかな。それでこそグレイランサー卿よ。確かにあのお坊ちゃまでは気が合うまいな」

「おまえもだ」

沈黙が降って来た。少しして、

「わかった、わかった。しかし、〈北〉の領主が〈西〉へ来て挨拶もせず、というのはいくら何でも礼を失していよう。それにな、おまえが留守の間に〈枢密院〉では色々と面白い決定を下したぞ。その荷馬車で〈北〉へ戻るまで三日——今日、知りたくはないか?」

荷馬車は停止した。

三分後、グレイランサーは〈西部辺境区〉の領主邸の居間で、〝ゼウス〟ともども紅いグラスを傾けていた。

「これが客に出す飲みものか。まるで、どぶ泥だ」

大理石のテーブルに荒々しくグラスを置くと、〝ゼウス〟は大股で居間を廻りはじめた。

「人工血液だな」

最後まで飲み干して、グレイランサーはグラスを眺めた。クリスタル・グラスは、飲みものとは別の朱色にかがやいた。

「領主自らこれを飲んでいれば、家臣も従わねばならん。領民は〝貢物〟を差し出す必要がないわけだ。成程、憎まれるどころか、名君、ご領主さまと呼ばれる所以《ゆえん》だな」

「単なるええカッコしいだ。人間どもの機嫌ばかり取って、自分は慈悲深い名君だと恍惚《こうこつ》となるお坊ちゃまさ」

「私を指で差すな」

冷やかに言われて、〈東〉の領主は右手を下ろした。

「こいつは失礼したな」

さすがに不平面だが、怒りにまで達してはいない。相手が悪いのだ。

グレイランサーの声や表情も、よく知る者が見ればいつになく穏やかだ。ＯＳＢ月面基地攻撃が成功し、残党は火星へ移動したと〝ゼウス〟から聞かされたためである。こちら側の損害は十名足らずで済んだ上、グレイランサーの部隊は無傷であった。

〈枢密院〉の決定については、マイエルリンクが来たら、と〝ゼウス〟は口を濁した。

「何を企んでいる？」

「何も」

と〝ゼウス〟は否定したが、全身で百もの企てがあると告げている。〈東部辺境区〉の主は、権謀術数を駆使するために生まれて来たような男なのだ。

「人聞きの悪いことばかり言う男だな。どうしてそう思う？」

「私をここへ招いたからだ。いつものおまえなら、元気で行きなとミサイルを射ち込むところだろう」

「おいおい、わしをそんな眼で見ていたのか、友よ」

「おまえは勘違いをしている。友という概念についてな」

「おいおい」

「指を差すなと言ったぞ」

今度は引かなかった。

自分を差しているのではないと知って、グレイランサーはふり向いた。

いつの間にドアが開いたのか、扉の前に紫のケープをまとった人影が立っていた。

若い美貌が、こればかりは他の二人と同じ朱色の唇を笑いの形に整えていた。

〈西部辺境区〉管理官――マイエルリンク公爵であった。

「ようこそのご入来《じゅらい》だ、二人とも」

顔見知りだから名乗らない。

二人の方へ来ると、テーブルのグラスを見て、

「お気に召さなかったようだな。ま、甘美な飲みものは自領で嗜《たしな》んでいただこう。〝ゼウス〟

マキューラ卿、お待たせして失礼した」

「なんの、グレイランサー卿がいて下さって助かった。お迎えに出て暇がつぶせたわい」

豪快な物言いだが、待たされた皮肉たっぷりのお返しだ。それを気にもせず、

「〈枢密院〉からのお達しには眼を通した。わざわざお出向きいただいた用件とやらを伺おう」

「私は外させてもらおう」

とグレイランサーが踵《きびす》を返した。〝ゼウス〟があわてて、

「待て待て。ここはいてもらわねば困る。お主の領地にも訪問の意向は伝えてあるのだ。ここに三人揃うなど、わしにとっては実に好都合、天の助けだ」

「聞こう」

とマイエルリンクが促した。

「今回のOSB月面基地攻撃の成果に〈枢密院〉は大いに満足し、当日を全世界的な祝祭日と定めることにした。これは、ひとりを除いて周知の事実だ」

そのひとりは黄金の壺から真紅の酒《ワイン》を注ぎ、二杯目を口にした。

「ここからが本題だが、彼らはもうひとつの決定を下した。恐らく戦勝気分に浮かれたのと、現実の日付が近いためだろう。四日後の〝御神祖御生誕の日〟に、世界中に潜んでおるOSBの尖兵の一掃《いっそう》を決めたのだ」

マイエルリンクは愕然《がくぜん》と声の主をふり返った。グレイランサーは口にしたグラスを止めた。

「何故、我々に知らせぬ？」

マイエルリンクが怒りを抑えて訊いた。真贋《しんがん》を問うこともしない。〝ゼウス〟マキューラの裏情報の正確さは誰もが知るところだ。〈枢密院〉メンバーの誰かの落し胤《だね》ではないかという噂《うわさ》もある。

「どうやる気だ？」

とグレイランサーがグラスを手にしたまま訊いた。

「OSB分子が潜む疑いのある地点へプラズマ攻撃を行う。ま、死ぬのはOSBと人間のみだがな。我々への連絡は明日か明後日だろう」

「──何ということを」

マイエルリンクが呻《うめ》いた。それを見越していたかのように、

「それは、我々を無視した〈枢密院〉への怒りだろうな?」

〝ゼウス〟は冷やかな眼差しを若い貴族の顔に当ててから、グレイランサーを見つめ、またマイエルリンクに戻した。

「もとより、〈都〉の中枢部の〈辺境〉無視は、いま始まったことではない。〈枢密院〉の連中など、わしらを〈都〉落ちした田舎貴族くらいにしか思っておらんよ。今度の件もその心根《こころね》が生んだものだ。だがな、〈都〉と〈辺境〉の概念が決定されて以来、〈辺境〉の治めは、百パーセント我ら〈管理官〉に委《ゆだ》ねられておるはず」

〝ゼウス〟マキューラの口にしたものは、〝絶対経営権〟と呼ばれるものである。

〈都〉から要求される量の血液を提供する限り、〈辺境〉の政治経済その他運営のすべては〈管理官〉たる貴族にまかせられる。これは〈都〉の〈辺境〉への要求も、〈管理官〉を通して遂行される──その諾否《だくひ》によって決定されることを意味する。ある意味、〈枢密院〉の度量の広さを示すような寛大──弛緩《しかん》しきった──システムだが、これには貴族特有の不老不死性が影響している。血の渇きを癒《いや》しさえすれば、あらゆる憂いから断ち切られる以上、瑣末《さまつ》な事柄には拘泥《こうでい》しないのだ。

今回はそれが裏目に出たと思えばいい。

〈辺境〉の運営は鷹揚《おうよう》に認めるから、〈都〉の決定にも口を出すな――三人の〈管理官〉たちにはそれが通用しなかったのである。

吸血鬼たちは〈貴族〉と称するがごとく、誇り《プライド》の維持を第一とした。ただ、それに対する厳しさが〈都〉と〈辺境〉とでは食い違った――否、〈枢密院〉と〈管理官〉では悲劇を通り越した、喜劇的とさえ言うべき差があったのである。

「それを無視した以上、我々も何らかの手段をもって、〈都〉及び〈枢密院〉にその非を認めさせねばならん。異議があるか？」

熱に浮かされたような〝ゼウス〟の顔を、若い美貌が冷たく見つめていた。

「どう認めさせる？」

「それは、わしの質問に答えてからだ。異議があるか、どうか」

「〈南〉のミルカーラは何と言っておる？」

「これから相談する。女は厄介だ。まず、おまえたちと思うてな」

「私はついいでであろう」

グレイランサーが言った。〝ゼウス〟の表情がこわばる。声は笑いを含んでいた。

「いや――それは」

苦い顔を隠さず、

「全くの偶然だ。わしは〈四管理官〉すべてに根廻しするつもりだった」

「何にせよ、私は異議を唱える前に〈都〉へ行く」

　マイエルリンクはきっぱりと口にした。

「かような理不尽な蛮行を〈管理官〉として見逃すことなどできん。〈枢密院〉のメンバー全員を前に糾弾《きゅうだん》してくれる」

2

「早まるな」

〝ゼウス〟が渋々という感じで止《と》めた。苦笑を浮かべているのは、この若い貴族の性格を知悉《ちしつ》しているからだ。

「そんな真似をしてみろ。おまえばかりか我々まで〈管理官〉を罷免《ひめん》させられるぞ。とんだとばっちりだ」

「おまえたちの地位がどうなろうと、私の知ったことか。我が領民の上に断りもなくプラズマ砲を射ち込むなど、絶対に許されん。私の家名と生命に懸けて、中止させてみせる」

　怒りが赤くたぎる声を、白く凍《い》てついた声が迎え討った。

「その後はどうする?」

　マイエルリンクは凍りついた。

「おまえが〈管理官〉の地位を退けば、〈都〉から別の貴族が来る。おまえのやり方を継承すると思うか?」

若い貴族は沈黙した。そこへ〝ゼウス〟が、

「グレイランサーの言うとおりだ。人間どもに対するおまえの仁政がすべて無に帰すぞ。抗議はわしにまかせておけ」

「プラズマが射ち込まれてからか?」

〝ゼウス〟は愕然とグレイランサーをふり返った。図星だったらしい。動揺を隠すのに一秒とかけずに、

「どういう意味だ、グレイランサー?」

と猛々《たけだけ》しく訊いた。

「意味などない。事実の確認だ。私の知る〝ゼウス〟マキューラなら、そうする」

「そうだとも」

当人は頭を激しくふって肯定した。

「勿論、そうするつもりだ。なまじ中止させたりしたら、こちらが借りを作ることになる。それでは――」

「意味がない、か?」

グレイランサーの眼がある光を放って〝ゼウス〟の眼を貫いた。

「プラズマを射ち込ませてから、どうするつもりだ？」

こう言って、マイエルリンクが前へ出た。怒りが表情を失わせている。白子のような顔に唇だけが紅く燃えていた。

〝ゼウス〟から五歩ほど置いて止まった。自分を抑えた――のではない。自制心が欠如した貴族が〈辺境〉の管理をまかされるはずはない。

〝ゼウス〟は彼を真正面から受け止めた。

「〝絶対経営権〟を侵害した罪、無差別に哀れな領民どもを虐殺した罪によって、正式に〈枢密院〉を告訴し、現メンバー全員を入れ替えて、新しい決定機関を作るのだ」

「無論、トップにはおまえが居座る、とな」

マイエルリンクは静かに的を射た。

「そのとおりだ。その何が悪い？」

〝ゼウス〟は胸を張った。その堂々たる姿は、マイエルリンクもグレイランサーも霞ませるかと思われた。

「不老不死について考えたことがあるか？」

不意に〝ゼウス〟は二人を視界に収める位置へ移動した。

「我ら貴族の永劫《えいごう》の繁栄を約束するこの性質こそ、いまや最大の敵と化しておる。〈都〉へ出向くたびに、おまえらも感じるであろう。〈枢密院〉から、あらゆる研究施設、その付属機関に到るまで、言いようのない倦怠《けんたい》の泥に沈んでいることを。

死なぬということの当然の結果よ。さらに、あらゆる物質的欲望を叶《かな》える科学技術の発達が、これを完璧に支えている。永遠の充足――これこそ、あらゆる知的生物の望みではないのか？　いいや、学ぶものは実はなおも多い。星々の彼方に別の文明が存在するのではないか？　我らの科学は新たなる発見を成し遂《と》げるのではないか？　それこそが進歩の基盤だった。ところが〈都〉の支配者どもは、そのどれもに興味も関心も示さなくなって久しい。我々は爛熟の時期を迎えてしまったのだ。わかるであろう。無限の中の限界に突き当たってしまったのだ。ああ、何たる悲劇か。わしはＯＳＢの襲来こそ、我らになおも生きる意欲を持てとの大いなるものよりの救助と考えておる。我らはふたたび武器を手に戦いに身を投じた。血は常に滾《たぎ》っている。貴族の世界の限界を破り、新たなる可能性へと突進させるのは、現在《いま》の我々をおいて他にない」

恍惚とも取れる口調で結び、〝ゼウス〟は片手をふってアピールを終えた。

反応したのは、グレイランサーだった。

「大熱弁だな。だが、〈枢密院〉が引退を受け入れると思うか？」

「そんなことが起きたら奇蹟よ」

と〝ゼウス〟は笑った。

「わしが告訴を提出した時点で、彼らは権力と武力とをもってわしらの排除にかかるであろう。

だが、安心しろ。すでに手は打ってある。〈都〉の中枢にも、わしに同調する心ある者たちが席についておるのだ。その数は百名としておこう」

「たった百名で？」

マイエルリンクが呆れ顔になった。

「それこそ狂気の沙汰だ。私は〈枢密院〉の肩を持つ」

「百名を少ないと思うのは、兵を操ったことのない愚将の台詞《せりふ》だぞ、マイエルリンク。〈都〉の反陽子エネルギー炉を暴走させるのに、何名の手が要ると思う？　ひとりで十分だ。それが百人。我らの目的を妨げ得る敵の首脳部は、では何名か？　百名？　否、十名もおらんとわしは見る。〈都〉のすべてが灰燼《かいじん》に帰した後の混乱の中で、そいつらを始末するのは、仕事ともいえぬほどの単純作業だぞ」

「ＯＳＢが壊滅したわけではないぞ」

とマイエルリンクが荒々しく言った。

「宇宙の何処かで、なおも虎視眈々《こしたんたん》とこの星を狙っておる。そんな最中《さなか》に、何を浮かれた革命の夢を見ておるのか」

「ＯＳＢの再編成には時間が必要とわしは見ておる。グレイランサーの戦いはそれほど打撃《ダメージ》を与えたのだ。浮かれているのは〈枢密院〉の方だ。いまこそ立ち上がるときだ。グレイランサーよ、マイエルリンクよ。わしと手を握れ」

凄まじい眼力《めぢから》を二人きりの聴衆に注ぎながら、熱弁者はたくましい両手を差し出した。

「断る」

マイエルリンクはあっさりと告げた。

「私は最初に考えた行動を実行に移す。大量虐殺など許してはおかん」

「おまえならそう答えると思っておったよ、慈悲深い大領主よ。おまえとはもう一度話し合おう。さて、おまえはどうだ、グレイランサー卿？」

「ＯＳＢの尖兵を根絶やしにできるなら、多少の犠牲はやむを得まい。まして人間だ。数のうちにも入らん」

「よかろう」

〝ゼウス〟がにんまりと唇を歪《ゆが》め、マイエルリンクは眼を閉じた。

喜色満面で一歩踏み込んだ〝ゼウス〟の手には眼もくれず、グレイランサーは、

「私はどちらにも加担せん。マイエルリンクよ、〈都〉へ急げ。〝ゼウス〟――おまえはミルカーラのもとへ走るがいい。私も〈北〉へ戻ろう」

「やむを得んな」

拳《こぶし》を固く握って、〝ゼウス〟マキューラはテーブルに近づき、酒瓶《びん》を摑むや、三秒と経たぬうちに飲み干してしまった。

「このような代用食を考え出したのが、軟弱な証拠だ。こうなった以上、一秒たりとも同席は

汚らわしい。勝手に行く。さらばだ、グレイランサー」

返事も待たず、〈東〉の領主は踵《きびす》を返して靴音も高く歩み去った。

「おまえはどうする？」

とグレイランサーは若い領主に訊いた。

「こうなった以上一刻を争う。私はこれから〈都〉へ発つ。あなたは部下に領地まで送らせよう」

「無用だ。ただ、馬車のみ替えてもらいたい」

グレイランサーはわずかに眉を寄せていた。領地を蹂躪《じゅうりん》せんとするプラズマの嵐に思いを馳《は》せているのか、ＯＳＢへの終わりなき対策に腐心《ふしん》しているのか。それは苦悩の表情に似ていた。

マイエルリンクの館も、他の貴族と同じ古風《レトロ》な城の体裁を取っていたが、点在する別棟はいかにもこの若い貴族らしい瀟洒《しょうしゃ》な建物が月光の下に並んでいた。

銀髪の召使いに案内されて中庭に出たグレイランサーは、二種類の馬車が揃っているのを見て、

「飛行体で行かぬのか？」

と召使いに訊いた。

自分と〝ゼウス〟マキューラはともかく、マイエルリンクが地上を行くことが不思議だった

のである。必ず常備されている飛行体を使えば〈都〉まで三時間とかからない。

「目下、動力系統に故障《トラブル》が生じておりまして」それに、主人《あるじ》は馬車の旅をことの外、好まれます」

「全機がか？」

「当家には一機しかございません」

マイエルリンクは自分より古風好みかと思った。

「また会おう」

先に出ていた〝ゼウス〟が声をかけ、中庭の飛行体発着場へと歩み去った。

「分かれ道までご一緒しよう」

ふり向くと、マイエルリンクの微笑が月光の下で冴えていた。


分岐点まで約一時間、二台の馬車は並走を続けた。二頭立てのグレイランサーに比べて、マイエルリンクの方は六頭立てである。かなり速度を落として走らざるを得ない。

グレイランサーは何度も先に行かせようと、座席の通信器で御者に伝えたが、マイエルリンクはとうとう四つ辻まで同行した。

「お気をつけて」

窓を開けて微笑する若い貴族へ、

「これから〈都〉までとばすのか？」

とグレイランサーは訊いた。いくら六頭立てで昼夜兼行で疾走しても、まず三日はかかる。緊急事態と口にする男のやり方ではなかった。

「ここから十キロほど南へ向かった地点に、昔使った飛行場がある。保存飛行体が幾つかあるはずだ」

「気をつけて行け」

グレイランサーは、ちらと上空へ視線をとばした。月が雲を銀色に染めている。

マイエルリンクは小さくうなずいた。

「では――さらばだ。行け」

マイエルリンクと御者にこう告げるや、馬車は走り出した。

遠ざかるその後ろ姿を、不思議と優しい眼で追いつつ、やがて、若い貴族は自らも疾風の人となった。

南へ向かって五キロも走ると、風が唸りはじめた。

「御前《ごぜん》」

御者の声が車内に流れた。

「予想が狂いました。例年より半月も早いイタカの襲来でございます」

「本体か？」

「いえ。ですが、このまま進むのは、かなりの難儀と思われます」

「かい、かなりならば、ためらうな。行け」

止まらぬ馬車の揺れを、マイエルリンクは子守唄のように聞いていた。

その横腹へ、どん、と見えない力が叩きつけられたのは、数分後のことである。

「来ましたぞ」

緊張した御者の声に、

「来たな、イタカ」

とマイエルリンクは、不敵な笑みに口もとを歪めた。

3

人類の破滅をもたらした核戦争後、新たな世界を構築した貴族たちは、彼らの血に脈々と流れる〝過去〟への執着を次々と具体化していった。

人間の都市の廃墟は見渡す限りの荒野に変わり、魔性の棲《す》むべき森と山々が点綴《てんてい》された。

貴族たちはここに人工の魔獣、妖物を配置したのである。

山が手足を得て動き、川は流れを変え、海は大陸ほどの眼を持った。

火を吐く龍は三つ首の巨鳥の餌《えさ》となり、その血と肉を求めて地下の魔物や妖精たちが入り乱れた。一千年の間に世界へばら撒《ま》かれた妖物の数は一二四三万七七八種類と言われる。

この行為は、思わぬ副産物を生み出した。

貴族たちの〈人工妖物〉とは別に、本来この星に存在し身を潜めていた魔性も甦ったのである。

その最たる存在が、地水火風を司《つかさど》る〝神〟たちであり、〝風の神のイタカ〟もその一柱《ひとはしら》であった。

貴族たちも、その斃《たお》し方を知らぬ〝神〟との遭遇は、杭《くい》と刃以上に貴族たちを危うくした。〝神〟は彼らを殺そうとはしなかった。連れ去って帰さなかったのである。貴族たちは死よりも失踪を怖れた。

どん、とまた車体が揺れた。

「御前——前方に人影多数。約二十名です」

車内のモニターを見つめたまま、マイエルリンクは、

「まともか？　姿勢と眼を見ろ」

「みな、猫背。眼は紅く燃えています」

「よろしい。絶対に停めるな。蹴散らして進め」

鞭《むち》が躍《おど》り、吹き乱れる風を打ち砕いて、馬車は速度を上げた。

影たちは、服装からすれば農民であった。先頭のサイボーグ馬が五メートルの距離まで接近

したとき、彼らは農民らしからぬ動きで左右に分かれた。

後には一本のワイヤーが残された。それは両端を握られたまま、高さ一メートルの位置で待ち受けていた。

それを飛び越すタイミングを馬たちは掴めなかった。両脚を取られた二頭が輪を描くように前へのめるや、残りも後に続く。馬車も例外ではなかった。鮮やかな弧《こ》を描きつつ馬体にのしかかる。

激突する寸前、搭載されたコンピューターが現状を判断し、防禦策《ぼうぎょ》を決定した。

車体の四隅から四本の緩衝脚が地上に噴出し、衝撃を吸収するや、スタビライザーが姿勢を正しい位置に戻すべく、馬たちから切り離してそっと着地させた。

車体がまだ空中にあるうちに、影たちは襲いかかった。
五、六メートルの距離を一気に跳躍して車体に貼りつくや、両の拳《こぶし》で乱打しはじめる。
彼らは貴族ではなく、血を吸われた下僕――〝半人〟であった。その身体能力――力《パワー》は貴族と等しいものの、領主の乗り物を破壊する威力はない。

御者が迎え討った。

固定ベルトを外し、杭長銃《ステイク・ライフル》を掴むや、飛びかかって来た三人の心臓を貫いて即死させた。

四人目と五人目は弩《いしゆみ》を構えていた。四人目の矢を喉《のど》に受け、御者が血を吐きながら射手を射殺したとき、五人目の矢が心臓に命中した。

五人目は眼を剝《む》いた。矢が撥《は》ね返ったのだ。服の下に防禦板を、と気づいた刹那、杭長銃が唸って、高圧ガスとともに飛来した弾丸が彼を射ち抜いた。地上へ落下する前に黒色の塵《ちり》と化していた。

馬車の屋根に乗っていた六人目が御者の背後に迫っていた。

彼の武器は一メートルもある蛮刀であった。ひとふりで御者の首は飛んだ。それは六人目の喉もとに歯をたてて頸動脈を食いちぎったばかりか、さらに噛みつづけて、その首を食い落とした。

ついに御者が斃れると、残りの影たちが地面へ引きずり落とし、その首を蛮刀で粉砕し、胴体を串刺しにした。

影たちはすでに目的の半ばを果たしていた。

音もなく馬車から飛びずさると、身を低くして結果が出るのを待った。

馬車の下の地面に置かれた破砕弾が紅緋《べにひ》の炎で車体を包んだ。

炎と風圧は影たちまで達し、彼らはあわてて安全地帯へ逃亡した。

あらゆる色彩を融かした炎の中に、影が滲《にじ》んだ。

それが人影の炎となって車体から分離したとき、影たちは声のない叫びを放った。一万度の炎は、貴族の骨まで焼き尽すはずであった。

突然、人影は崩れ、炎に戻った。

影たちの田舎じみた顔に勝利の笑みが湧いた。彼らは六人残っていたのである。

四人になった。炎の中からのびたものが、前の二人の首を薙《な》ぎ、返す一撃で心臓ごと胴を切り割ったのである。

何が起きたか、残りの影たちにはわからなかった。彼らが見たものは、炎の中から突き出た人間の右手であった。それは五指を揃えてのばし、軽く右にふった。

また二つの首が飛んだ。

「〝マイエルリンクの爪〟だ」

残る二人の片方が絶望の呻きを洩らした。それを使う前に斃せ、が今回の至上命令だったからだ。

手が持ち上がった。炎が仁王立ちになるや、それは紫のケープをまとったマイエルリンク卿と化した。

ケープのひとふりで払い落とされた死の炎は、彼の肌ひとつ髪の毛ひとすじ焼いていないように見えた。

なおも馬車を焼き尽さんとする火炎を背景にした立ち姿は、そこだけ別世界のように、不思議と静かだった。

〈西部辺境区〉管理官＝フリーメン・マイエルリンクここに立つ。

「我が領民に憎まれるのは、我が不徳のいたり。だが、そうではないようだ。何者の配下か？」

これがいま炎に焼かれていた男の声か。なんと静かな。聖夜に降る雪の音《しらべ》のようだ。

マイエルリンクが前に出た。

足音は、降りつもる雪の音より幽《かす》かであった。

しゃあ、と影たちが牙を剝いた。

しかし、動けない。美しい若い貴族から放たれる妖気に呪縛《じゅばく》された身体は、骨の髄まで痺れているのだった。

「喋れぬか？　では、近くへ来い」

マイエルリンクは右手をのばし、手招いた。女のように細く美しい指であった。

ためらいもなく影たちは歩き出した。抵抗の意志も奪われてしまったような素直な歩きぶりである。

「ここなら聞こえる。喋れもしよう。何者の配下か？」

影たちの唇が動いた。彼らは確かに告白しようとしたのである。

闇の何処かで小さな光が閃いたのを、月は見た。

銃声が耳に届く前に、影のひとつは頭部を粉砕されて倒れ、わずかに遅れてもうひとつも、首から上を血煙に変えて転倒した。

マイエルリンク。

闇の魔弾は、休みなく彼を襲ったに違いない。

彼は右手を顔前にかざした。

その手の平にぽっと小さな穴が穿《うが》たれるや、彼はその手を足下へとふり下ろした。

黒土にめり込んだのは、彼の血を蒸発させつつある灼熱の鉛弾であった。

マイエルリンクはわずかに顔を動かして、闇の彼方を見つめた。まぎれもなく弾丸の飛来した方角であった。

それも束の間、今度は燃えさかる馬車の方を向いた。

長身の影が立っていた。背後の荒野に一本の巨木がそびえている。その陰に潜んでいたものであろう。

マイエルリンクの眼を引きつけたのは、影の背負った二本の長剣であった。

それは首の左右から武骨な柄《つか》を交差《クロス》させていたが、その柄が小刻みに震えているのである。

驚きを抑えた男の声が、低く低く——

「ほお。歓喜にわなないておる。しかも二ふり。少なくとも領主を継ぐ資格はあると見える」

「妖術使いの仲間か」

マイエルリンクは右手を軽く握った。開いた手の平に弾丸の痕はなかった。

「〝銃師《ガナー》〟め、しくじったか。だが、おれは最初から汚いやり方には反対だった。貴族を斃すべく学んだ剣技〝ストレーダ〟。存分にふるわせてもらおうか」

「もう一撃、来ぬな」

マイエルリンクの口もとに、風が淡い微笑を刻んだ。

手の平で受け止めた弾丸は、彼の顔面と頭部を粉砕するはずであった。貴族には無益な攻撃だが、完全な復活には数秒を要する。長身の剣士は、その隙にマイエルリンクに肉迫し、心の臓を貫く手筈《てはず》だったに違いない。

だが、初弾は受け止められ、新たな一弾は飛来しなかった。理由は不明のまま、月ばかりが明るい夜の底で、またも死闘が展開されようとしている。

「名乗っておく。おれは〝剣師《ソーズマン》〟シザム。黄泉《よみ》への土産に持っていけ」

「自分の名を忘れぬことだ」

とマイエルリンクは返した。口もとから覗《のぞ》く牙を月光が白くきらめかせた。


その男は北への街道を下りた草むらの中で、ずっと出番を待っていたのだった。

用意した長銃は三挺。弾丸は三十発あったが、襲撃が計画どおりに進めば、一発で済むはずであった。

それを口封じに二発も無駄にした。頼むに足らぬ田舎者どもめが。せめて頭部を粉砕するだけで死滅する出来損ないであったことを悔やむがいい。

彼の射撃法の最大の欠点は、火薬と弾丸とを銃口から詰め、燧石《フリント》で火皿の発火薬に点火する、旧《ふる》きも旧き燧発《フリント・ロック》式のため、連射が利かぬことであったが、それは彼だけの遠距離射撃ならぬ遠隔射撃の冴えで十分に補い得た。今夜の標的までの距離は、実に十キロを超えていたのである。

だが、いまの彼は戦慄に打ち震えていた。必殺の一弾が外れた——否、防がれたと、足下の照準水晶球が映し出したのだ。

「そんなはずはない」

と彼はもう百遍も繰り返した。

惨憺《さんたん》たる辛苦の果てに身につけた射撃術は、大陸の端から反対側の端を飛び廻る蝶さえ射ち落とす。

それを、あの貴族は？

生涯初の失態が、〝銃師〟の行動を狂わせた。彼が長銃の一挺を摑んで銃口から火薬と弾丸を押し込み、火皿に点火薬をまぶし終えたのは、失敗から一分も経ってからである。そして、逆上はもうひとつの、途方もない失策に気づかせなかった。

ようやく射撃準備を整え、燧石をはさんだ撃鉄《ハンマー》を引き上げたとき、

「〝魔法射撃〟か。人間が使うのは初めて見た。その銃先《つつさき》の方角からして、標的は〈都〉への街道を行く者。誰に頼まれて〈西〉の領主を狙う？」

〝銃師〟は片足を軸に全身を回転させた。稲妻の速度であった。

引金を引く前に長銃はもぎ取られ、下がった銃床は、大きくスィング・アップして彼の顎《あご》を

打った。

仰向けに倒れたまだ若い〝銃師〟のかたわらで、その武器に興味津々《しんしん》たる視線を注いでから、グレイランサーは銃の狙った方角へ眼をやって、つぶやいた。

「さて、敵が多いようだな、マイエルリンクよ」

第七章　ミルカーラ公爵夫人

1

グレイランサーがビストリアへ戻ったのは三日後であった。

国境の検問所でオートダインに乗り換え、五分足らずで到着した居城では、驚くべきニュースが待っていた。

マイエルリンクが〈枢密院〉で議長コルネリウスに魔の爪をふるい、重傷を負わせたというのである。

「すぐに出頭するようにとの指令が来ております」

と執事長は告げた。

老コルネリウスは滅びはしなかったが、いまも魔法病院で介護を受けているという。

「あいつの爪なら、な」

このとき浮かべたグレイランサーの笑みは、〈枢密院〉で、議長コルネリウスを継いだ副議長ピタカの指令を聞いたとき、もう一度浮かびかけた。

「待ちかねておったぞ、グレイランサー卿。マイエルリンクは議長コルネリウスを負傷させた後、領地へ戻った。恐らくはそこに立て籠って〈都〉からの討伐軍を迎え撃つつもりだろう。〈枢密院〉は貴公を討伐軍の副司令に任命する」

「司令官は誰ですかな？」

「〈南部辺境区〉のミルカーラ公爵夫人だ」

グレイランサーの口もとに浮かんだ笑みに、副議長ピタカは鋭い視線を当てたが、すぐに戻して、

「討伐軍の出動は明日だ。これからすぐ〈戦事省〉へ行って、ミルカーラと会うがいい。すべては貴公ら二人にまかせる」

「ひとつ伺いたい。ＯＳＢとの件はその後どうなりました？」

「そのことについては、貴公の指揮と戦果が〈枢密院〉でも高く評価された。今回の討伐軍副司令就任はその労《ねぎら》いのひとつだ。任務を果たして帰還すれば、さらなる栄光が待っておるだろう」

「ＯＳＢの尖兵に関しては？」

切り出してみた。その刃の鋭さに副議長ピタカが気づいたかどうかは、この元老の無表情か

ら窺うことはできなかった。

「領地へ戻った以上は、〈枢政省〉の通達は聞いたであろう。本来なら疑惑地点へのプラズマ砲攻撃は明日。しかし、討伐の一件を鑑《かんが》みて、実行はマイエルリンク軍の降伏三日後まで延期された」

広大な〈戦事省〉の一角に設けられた討伐軍本部を訪れたグレイランサーを、将官たちの畏《い》怖《ふ》に満ちた表情と、公爵夫人の紅薔薇《べにばら》のごとき艶《あで》やかな微笑《ほほえみ》が迎えた。

「お久しゅうございます、グレイランサー卿」

「全くだ」

ミルカーラの笑みは、腕白小僧を見る慈母のようになった。一千年来の愛想なしは変わっていないと思ったのだ。かすかな香水《フレグランス》の香りが戦士の鼻孔をくすぐった。

「急なことで時間も少ない。話を聞こうか」

窓から差す月の光が、二人と将官たちを照らしている。コンピューターも他のメカも存在しない古風な石の城の一室であった。

ミルカーラの白い指が何かを差し招くように動いた。

天井近くにかがやきが生じた。忽然《こつぜん》と月が現われたのである。将官たちが驚きの声を上げた。

「すでに本部は、ミルカーラ仕様か」

「お先に失礼を」

これこそ月かと思われる大粒のダイヤを嵌《は》めた指がしなやかに踊り、月は絵具のように溶けて、空中に広大な土地の地図を広げた。

「〈西部辺境区〉でございます」

司令官でありながら、ミルカーラの副司令に対する口調は丁重そのものだ。この男の赫々《かっかく》たる武勲と有能なる管理官ぶりがそれを要求する。そして、逆らう者はない。

「すでに討伐軍の編成は〈枢政省〉の手で完了しております。それを考慮したうえでの私の戦略はこのとおりでございます」

地図が３Ｄに変わった。

空中に爆撃飛行体が、地上にはミサイル車、巨人歩兵隊、通常歩兵大隊が待機中である。

グレイランサーは爆撃飛行体をひとつ摑み持って、しげしげと眺めた。直径三センチほどの円盤型物体《ソーサー》である。現実では五十メートルに達する。

「何体だ？」

「五十体」

「ミサイル車は？」

「五十台。巨人歩兵は百名、通常歩兵は千名でございます」

「貴族の討伐とは、厄介なものだな」

飛行体を戻して、グレイランサーは苦笑した。

「〈都〉から反陽子ミサイルを一発射ち込めば、マイエルリンクどころか、〈西部辺境区〉は丸ごと消滅する。しかし、それでは貴族のひとりも抹殺はできぬ」

「いつの世も、我らを斃《たお》す武器は木の楔《くさび》、鉄の剣《つるぎ》、鋭い矢にてございます」

「故に、マイエルリンクを滅ぼすには、昔ながらに火薬でその城壁を砕き、歩兵どもの剣と槍と弓とにまかせねばならん。マイエルリンクも黙ってはおるまい。この図のごとき正面攻めでは、こちら側の損害は甚大《じんだい》だぞ」

「それは〈枢政省〉も認めておりますが」

「巨人歩兵も通常歩兵もアンドロイドか？」

ミルカーラはゆっくりと首を横にふった。黄金の髪留めと真紅のドレスにちりばめたダイヤが月光にきらめいた。

「巨人は人工生物《アーティフィシャル・ライフ》です。通常歩兵は〝半人〟で」

「無益な大量死だぞ」

「これは異なことを」

ミルカーラは唇に指を当てて笑った。牙が覗《のぞ》く。公爵夫人にはふさわしからぬ乱杭歯《らんぐいば》であった。この貴婦人もまた血を吸うものなのだ。

「私の知るグレイランサー卿は、目的のためなら領民を平気で死の淵《ふち》に追いやって恥じぬ、貴族の中の貴族であらせられますが」

「目的のためならな」

とグレイランサーは静かに認めた。

「だが、私の犠牲は必要な犠牲だ。彼らは大義のために死んだ。私利私欲のために、死へ向かわせたことはない。愚かな戦さのためにも、だ」

「それは何と甘い――いえ、お優しいお考えでございますな」

ミルカーラは恭《うやうや》しく頭を垂れた。

「私の戦略に異議がございますならば、お伺いいたします」

「いや、これしかあるまい」

「これは、嬉しいお言葉を頂戴いたしました」

「だが、結果はこうなるぞ」

グレイランサーは、マイエルリンクの居城の方へ移動した。戦場のスケールは縦二十メートル、横十メートルにも及んでいた。

「この城は私が守る。攻撃を開始せよ」

地鳴りのような声に、ミルカーラはうなずいた。

「信じられませぬ」

ミルカーラの声は驚きに溢《あふ》れていた。

「こうも簡単に私の軍が敗退するとは」

「敗退ではない。全滅だ」

空中の戦場に累々《るいるい》と横たわる死者と車輌の列を冷たく見下ろし、グレイランサーは首を廻した。関節が鳴った。空中のあちこちで炎と黒煙が上がっている。無論映像だが、触れれば火傷《やけど》するだろう。

「私の知っているマイエルリンクの武器を考えればこうなる。作戦は私のものだが、マイエルリンクが立てても同じ手を選ぶだろう。ミルカーラよ、彼の隠し兵器はまだまだあるかも知れんぞ」

「そんな品を、いつの間に？」

「人知れず工場を建て、天才的な技術者を雇ったものだろう。マイエルリンク自身の考案になるのかも知れぬがな。それに思い至らぬのは、ミルカーラ、おぬしが自分を怠惰《たいだ》に慣れさせてしまったからだ」

妖艶な美女はぎりりと歯を鳴らした。口惜しさと自責の行為ではない。上目遣いにグレイランサーを見る顔には、憎悪が黒い翼を広げていた。

「これが最良の方法ならば、次はどのような手を？」

「わからぬ」

グレイランサーは低く告げた。

「私は妹のもとへ行く。連絡はいつでも」

「かしこまりました」

頭を垂れる司令官にうなずき、大貴族は歩き去った。

その足音が消えてから、将官たちを去らせ、ミルカーラ公爵夫人は窓外の月を見上げた。

「知らずにいるがいい、グレイランサー卿」

討伐軍総司令官にして〈南部辺境区〉管理官は、呪詛《じゅそ》のごとく呻《うめ》いた。ガラスに爪をたてるような声であった。

「今度《こたび》の討伐相手はマイエルリンクのみではないということをな。我が友〝ゼウス〟、愛しきマキューラ卿よ、我らの企てがなにとぞ成就せんことをともに祈りましょう。いいや、この手でかち獲《と》るのじゃ。あ奴らの血と肉をこの手で毟《むし》りとって」

拳《こぶし》が怒りと憎悪をこめて震えた。

しゃあ、と息を吐き、公爵夫人は右手でドレスの前を縦に薙《な》いだ。

それは大きく裂けて、彼女の足下に落ちた。

月は全裸の女体を見た。

「マイエルリンク」

右手が躍った。優雅な踊り《ダンス》のような動きであった。

左の首すじから右の乳房の下まで朱色のすじが走り、見る間に太い血の滝に変わった。

「グレイランサー」

左手が跳ねた。

二本の血のすじは、艶めく乳房を斜めに裂いて、断罪のX《エクス》を形造った。

「見ておくれ、〝ゼウス〟マキューラ。あなたと私の邪魔をする敵は、私が滅びへの道を辿らせてくれる。このように！」

さやけき月に狂ったか、怒りに我を忘れたか、全裸の妖女は滴る血潮を全身にこすりつけた。

乳房が淫らに揺れ、ぬめぬめとした腹が妖しく痙攣《けいれん》する。

血は顔も染めた。

そして、公爵夫人は血まみれの指を唇に咥《くわ》えて吸った。

月光と女体ばかりがかがやく部屋に、貴族なら恍惚《こうこつ》とならざるを得ない音が長く続いた。


〈戦事省〉に用意されたグレイランサー用の馬車は、三十分ほど〈都〉の街路を走って、西の住宅地にある大邸宅の門をくぐった。グレイランサーの実家である。

中庭で馬車を下りた大貴族の前に、執事たちと執事長、そして若い夫婦が並んでいた。

妻の方は二十代はじめにしか見えないが、夫の方もグレイランサーとさして変わらない。ただ、細身で小柄な体躯《たいく》が醸《かも》し出す風格は、グレイランサーと雲泥の差があった。

大貴族のただひとりの家族――妹のラリアとその夫、ブリューゲル伯爵だ。彼も由緒正しき名家の出身だが、過去の失策により家屋敷ともどもその地位を剝奪され、ここに暮らしていた。

「大変そうね、兄上」

偉大なる兄を迎えたラリアの眼差しは、皮肉と限りない畏敬に満ちていた。

身を屈めてから差し出された手の甲に軽くキスして、

「全くだ」

とグレイランサーは、かたわらの義弟にうなずいてみせた。表情は柔らかくしたつもりだが、成功していない。合わないのだ。ブリューゲルは〈枢政省〉の〈文治局〉に勤務する文官であった。

ところが今日に限って、こちらも愛想笑いを、堅い一方のブリューゲルが自然に浮かべたものだ。

後でラリアが夫に、

「どういうわけよ、珍しいじゃない？」

と冷やかし半分に訊くと、

「いや、珍しいのは義兄上《あにうえ》だ。私を見る眼が妙に優しかった」

と返って来た。

三人は居間へ入った。ここでブリューゲルは、

「誠に失礼をいたしますが、急ぎの仕事があるもので」

と去った。

「ごめんなさい、急に忙しくなって」

「文官は常時暇だと聞くが」

「子供たちの学校で、詩の講義をするらしいわ」

ラリアの声がどこか投げやりなのは、兄の嘲笑を予想しているからだ。その兄は、

「ほお」

と言った。ラリアは本物の仰天をするところであった。兄の声に、敬意を感じたのであった。

「ブリューゲルらしいな。本望だろう」

妹の夫が詩人志望だったのを、彼は知っている。ここは嘲笑が響き渡るところだ。それが、なんと和やかな。この兄はＯＳＢが化けたまがいものではないかと、ラリアは疑ったほどである。

2

「あれはどう？」

執事が運んで来た〝ワイン〟を手ずから兄の銀盃へ注ぎながら、ラリアは訊いてみた。いい

返事を期待している。

「大助かりだ」

期待は叶《かな》えられた。

グレイランサーは左手を上げると、黄金でできた壺風の指輪を妹に向けた。

蓋《ふた》らしい表面に小さな穴が三つ開いている。眼を凝《こ》らせば、そこから四六時中立ち昇っている白い煙が確認できたろう。

「おまえが作り出した〝時だましの香〟。おかげで私は昼というものの真実を知っている」

〈北部辺境区〉の領主が、昼夜の別なくOSB掃討に戦車を駆り得る理由《わけ》は、妹の開発した、時間さえ錯乱させる香にあった。

それを嗅《か》いだ者に付属する時間のみ、昼は夜と、夜は昼と、自らを錯覚する。陽光の下をグレイランサーが歩くとき、彼は偽りの夜をさまよっているのだった。

「明日、〈西部辺境区〉へ討伐軍を送る。打ち明けた以上、今日は外へ出るな」

「はいはい。何があったかは聞いているわ。でも、随分と急ね」

「相手は辺境の王だぞ。今日これからでも遅いくらいだ。ましてや、フリーメン・マイエルリンク卿と来た。ある意味、他の三人よりも手強い」

「兄上よりも？」

ラリアは眼を丸くした。

「あの男は領民を味方につけておる。私を含めた残り三人が、とうとう成し遂《と》げられなかったことだ」

「それがどうしたとおっしゃるの？」

こちらも根っからの貴族のラリアにはわからない。

「人間たちがマイエルリンクに心酔していたとしても、貴族同士の戦いに塵《ちり》ほどの関与もできないわ。そうでしょう？」

グレイランサーは何故か少し沈黙し、それから、

「そのとおりだ」

と応じた。マリアは気になった。

「いつもと違うわ、兄上。どうかなさいました？」

「――何も。それより、議長コルネリウスとマイエルリンクとの間に何か確執でもあったのか？」

ラリアは猫に似た顔に眉を寄せた。

「そうね。〈枢政省〉では通り一遍の説明を受けただけでしょうからね。表向きは、戦勝祝いの一環として行われるOSBの潜入員殲滅《せんめつ》作戦に異議を申し立てたところ、議長コルネリウスが一笑に付したため――となっているけど、それで刃をふるうような短慮な領主なら、〈西部辺境区〉はとっくに壊滅しているわ。兄上、議長コルネリウスは〈辺境区〉を管理官から取り

上げ、〈枢密院〉の支配下に置こうというプランの主導者なのよ」

「莫迦《ばか》な。管理官の〈絶対経営権〉は〝御神祖〞から直接拝命したものだぞ。〈枢密院〉といえど、指一本触れられぬ」

「〝御神祖〞が私たちの前から姿を消して六千と百年になるわ。ご威光も薄れるわよ」

「そう思うか？」

「いいえ」

「なら、議長コルネリウスは〝御神祖〞以上の力を持つ何者かとつるんだのだ。でなければ、奴とその一党に、権威に対して反旗を翻《ひるがえ》す気迫などあるものか」

「それは確かだわ」

ラリアは苦笑を浮かべた。

「その何者かに心当たりはあるか？」

「いえ」

ラリアの笑みは跡形もなく消えた。

グレイランサーの真顔には怯えの表情をもって応じるしかないのが、貴族世界の鉄則だ。

「まあ、いずれはっきりする。それより、新しい武器がいる」

ふっと眼差しを暗くして、

「そうだったわね」

とラリアは自分に言い聞かせるように言った。

「ヴァロッサ工《こう》が製作した品が沢山あるわ。試してみて」

「おお、彼奴《きやつ》の作ならば。すぐに試せるか?」

「勿論よ」


数分後、二人は中庭の一角にそびえる大理石ドームの内部《なか》にいた。

遙かに遠い高みから月光がひとすじ、滝のように降り注いでいる。窓があるらしい。

その下に広がる作業場は、それだけを明りと決めた影たちの舞踏の場に見えた。

広大な空間に優美な階段や傾斜路《スロープ》が縦横に、しかし明らかな数学的均衡を身にまといながら、空間《スペース》のあちこちに設けられた別の作業場や重力場安定装置などを経由しつつ、張り巡らされていた。

「ヴァロッサ」

ラリアが呼びかけた。声は山彦のように重なりつつ、消える前に二人の頭上から浮輪のような重力ホルダーを腰に巻いた青緑のケープ姿を召喚した。

「これはグレイランサー卿」

面白くもなさそうな顔が、空中で面白くもなさそうに挨拶した。外見はグレイランサーよりやや若く、ブリューゲルよりも上だ。面白いのは波打つ銀髪で、それだけを見たら、何百歳の老人かと誰しも思うだろう。

「まずは妹御と久闊《きゅうかつ》を叙《じょ》する。武人としては堕落の極みですな。〝御神祖〟の時代はいつの日に見た夢か。戦いに明け暮れる男ならば、休憩や苦労話の前に、まず破れた盾や折れた槍、欠けた剣の修理と交換を求めるものですぞ」

ラリアは青くなり、しかし、グレイランサーは苦笑を浮かべた。

「おまえの言うとおりだ、ヴァロッサ工。だが、私を満足させるだけの品がそこにあるかな？」

「これは異なことを。この〝工人《こうじん》〟ヴァロッサがお渡しした品で、あなたさまのお眼鏡に適わなかったものがございますならば、いまこの場で自ら首を刎《は》ねてごらんに入れましょう。ま、あなたさまの眼は、お父上と違って生まれたときから曇り放しでございますが」

唾《つば》を飛ばしてまくしたてる両眼は、完全にすわっていた。

それをむしろ好ましげに見つめているグレイランサーの眼差しに気づいて、いきなり正気に戻り、

「失礼いたしました。で、御用の向きは？」

「戦車を見せて欲しいのだ」

「よろしゅうございますとも——まずはこれを」

と二人の手許にある重力ホルダーを指さす。

二つに開いて腰に巻いて閉じる。後は前面のロード・リーダーを目的地へ向けるだけだ。

プラットホームから一メートルほど舞い上がり、二百メートルばかり空中を前進してから五、六メートル下方の床に着陸した。

ここはグレイランサー家代々の武器製造棟である。そのすべては、武器設計者にして製造者——〝工人〟ヴァロッサにかかっていた。

壮観ともいうべき周囲を、グレイランサーは感慨深げに見廻した。

ぐるりを囲んだ大小の戦車の列、棚にかけられた槍、長剣、短剣、盾と最新型装甲服、古風な鎧《よろい》の群れ。これらの戦慄すべき品々が眼の届く限り——極端な言い方をすれば地平の彼方まで続いている。ここにあるだけで、約千名の一個師団の戦闘準備を整えられるだろう。

「前よりも揃っているようだな」

グレイランサーの言葉に、ヴァロッサは静かにうなずいた。

「前の分にもすべて改良を加えております。ご所望《しょもう》のがらくたをお教え下さい。あなたさまのお弱い頭でイメージするだけで結構です」

〝工人〟は右の人さし指の先をこめかみに押し当てた。

グレイランサーの視界にあらゆる武器と兵器が浮かんだ。凝集情報の刷《す》り込みであった。彼はこの瞬間、数万点もの品々のすべてのデータを理解できた。

彼はたちまち一台の戦車をイメージした。

「まあ、よろしゅうございます」

とヴァロッサは大仰《おおぎょう》にうなずいた。

同時に天井から糸のように細い光が床に垂れた。

忽然と一台の戦車がそこに出現した。

サイズも形もグレイランサーが失った愛車と同じ品である。

「以前ご愛用のタイプより、力場発生装置《FFジェネレーター》のパワーを倍に増強してございます。どのような愚将が操りましても、ＯＳＢどものあらゆる防禦《ぼうぎょ》フィールドを紙のごとく貫いて、敵陣地へ突入し得るはずでございます」

「はずでは困るぞ」

「それは実際にお試し下さいませ」

ヴァロッサは戦車をさし示した。口もとに浮かんだ笑みは、よほど自信があるらしい。

「よかろう」

グレイランサーは自慢の品に乗り込んだ。

操縦台に立つと同時に、力場が車体を包むのを感じた。

「いちばん弱い相手をお出しします」

ヴァロッサは人さし指で腿《もも》を突いた。

またひとすじの光。

糸の先には、神が圧《お》し縮めた人間のための品々が結ばれているに違いない。

グレイランサーの前方十メートルに、ＯＳＢの地上戦車〈雷車〉が出現したのである。

あらゆるサイズがグレイランサーの三倍を超すそれは、圧倒的な質量で大貴族を押しつぶす寸前のように見えた。

ヴァロッサは周囲の陳列品を見廻し、

「邪魔ものはあっちだ」

言うなり、手近の戦車の胴に足を乗せて押しとばした。

すると、他のあらゆる兵器と武器が一斉に後方へ滑りはじめて、じきに見えなくなってしまった。

広大なホールには、ラリアとヴァロッサと二台の戦車が残された。それと――殺気が。

3

床《フロア》を埋めた武器群は、すべて3Ｄ映像だったらしい。

グレイランサーは驚きもせず〝工人〟にうなずいてみせた。

「これからのＯＳＢ戦車の動きは、ＯＳＢのコンピューターの制禦と全く同じものになります。つまり容赦《ようしゃ》がない。おわかりですかな、敗れれば滅びるという意味でございますぞ、グレイランサー卿」

「望むところだ」

「では」

そのひと言が終わらぬうちに、ＯＳＢ戦車は、グレイランサーめがけて突進した。

グレイランサーの車体がかすかに震えた。

それが迎え討つ合図であった。巨大な戦車は一メートルほどの距離を置いて、鮮やかな投げ技でも食らったかのように、撥《は》ねとばされてしまったのだ。

横倒しになるや、それは虫のように回転して体勢を立て直し、音もなく後退した。

平べったい砲塔からのびた三本の砲身が、続けざまに銀色の光を放った。

グレイランサーが滑《なめ》らかに右へ移動し二発は躱《かわ》したが、三発目が力場に接触した。

光は三十センチほどの砲弾頭であった。

その外側の殻《から》は弾きとばされたが、内蔵部はグレイランサーの頭上すれすれをかすめて、後方へ消えた。

それは太さ五センチほどの鋼鉄の楔であった。

「二倍の力場を試すぞ」

次々に放たれる二重砲弾を敏捷《びんしょう》な動きで躱しつつ、グレイランサーはＯＳＢに迫った。

敵も右へ廻りつつ、楔弾を連射する。

一発がすぐ右の床を貫き、ラリアは悲鳴を上げた。

突如、グレイランサーの車体が前進姿勢のまま斜めに走った。重力場走行に切り替えたのである。

OSBのコンピューターの反応はわずかに遅れた。回避不能と見たコンピューターは、砲塔のみを回転させて、ほとんど勘で一弾を放った。

それは正面からグレイランサーの戦車を貫いたが、弾筒も楔弾も空しく撥ね返された。力場発生装置《FFジェネレーター》を切るや、グレイランサーの巨体は風と化して敵戦車の砲塔に舞い上がった。

右手が上がった。

何処にあるのか銀の槍は。それは一閃の稲妻であった。

絶対金属の装甲を頭頂から底部まで貫くや、グレイランサーは戦車まで飛び戻っている。

敵戦車の輪郭に真紅のすじが走った。すじは見る見る太くなり、装甲を押しめくった。巨大な炎塊はグレイランサーをも呑み込んで地上と上空を席捲《せっけん》した。

不思議と静かだった。

装甲を焼き尽した炎が消えるまで、十秒近くを要した。

黒い焼痕が残る床の上に、グレイランサーと戦車が夢のように現われた。

ラリアが駆け寄った。

「兄上、相変わらず無茶なことを」

その隣で、

「いかがでございますか?」

とヴァロッサが慇懃《いんぎん》に尋ねた。

「よい出来だ」

「当然でございます」

とふんぞり返る。

「どうして最初から強力な力場を使わなかったのです?」

ラリアが怒りを抑えて訊いた。

「敵の力がわからんのでな」

「このタイプのOSB戦車とは、何度も戦って来られたはずですが」

こう言ってから、ヴァロッサの顔に、何ともいえぬ無惨な表情が浮かんだ。

「ひょっとして、手前が嘘をついていると?」

グレイランサーは答えず、

「気に入った。明日はこれに乗って出向く。手入れをしておけ」

いかにも貴族らしく告げて、重力ホルダーのスイッチを入れた。

歩み去る二人を戸口で見送り、

「この五千年、グレイランサー家に仕えて来た自分さえ信じておられぬか。何たる凡俗。能なし主人」

しみじみとつぶやいてから、急に好もしげな笑顔になって、

「それでこそ、我が主人――グレイランサー卿。たとえ父上には到底及ばぬ地虫のごとき倅殿《せがれ》だとしても、五千年間からくりに励んで来たこの腕で、嫌々ながらお役に立ちましょう。いつまでもお健やかに」


翌日、マイエルリンク討伐軍は死の戦場へと向かった。

さすがに街道を威風堂々、列を成して進むとはいかない。全軍巨大な搬送飛行体に搭乗、積載され、三時間足らずのうちに〈西部辺境区〉――マイエルリンクの領土に到着したのである。

こういう籠城戦《ろうじょうせん》の場合、居城や貴族たちの屋敷を含む、いわば戦略司令本部一帯は重力バリヤーで覆われているため、まずはその崩壊のための手を打たなくてはならない。

だが、討伐軍総司令官ミルカーラ公爵夫人は、高空からの偵察センサーの分析結果を聞いて、眼を丸くした。

彼女から漂うそこはかとない香りに酔っていた他の諸将も、グレイランサーを除いてそれに追随せざるを得なかった。

「まさか、いくら常識知らずの〈西部辺境区〉管理官といえども、このような、領土全体を重力バリヤーで覆うなど、〈都〉の銀河エネルギー転換器《チエンジヤー》を使用しなければ不可能な技術《わざ》ですぞ」

諸将のひとり――〈東部辺境区〉ソーザク・ヤンザーライ公爵である。

「なら、それと同じ転換器をマイエルリンクは用意したのでしょうね」

ミルカーラはもう落ち着きを取り戻している。青い海に吸い込まれるような眼差しで、グレイランサーに、

「あなただけは落ち着いていらっしゃる。どうしてですの？」

「理由はない。世の中には何事も起こり得ると思っているだけだ。人間にも我々にも理解し難い何事かがな」

「素敵な心掛けですこと」

ミルカーラは空中に浮かんだデータへ眼を移した。

「これによれば、バリヤーの強度は十京ルーグ。ほとんど永久的にエネルギー供給が行われるということです。まずこれを外さなければ、戦いははじまりません」

「力攻めでは時間がかかるということか。古い手だが、兵糧《ひょうろう》攻めはどうですかね？」

いかにも面白半分という口調でこう切り出したのは、〈都〉の首都防衛師団から選抜されたドライゼ・ジッシャーシン中将だ。OSB相手に百戦百勝の戦略家だが、自信家すぎて空気が読めないという欠点がある。誰も笑わないので、またやったか、という表情になった。

貴族――吸血鬼の食糧は言うまでもなく生血《いきち》だ。これは、人間たち――領民から、或いは強制的に、或いは納得ずくで採取されるが、その一部は貴族たちの胃を潤《うるお》すだけでなく、冷凍処

理、乾燥処理等を施した上で圧縮保存される。

通常の貴族の城には向う一年分のストック、というのが妥当な数字であった。

ましてやマイエルリンクは、生血と変わらぬ味と成分を兼ね備えた人工血液を完成させ、城の近くにある工場で日夜増産に励んでいる。一年二年の籠城など望むところであろう。

無論、ジッシャーシン中将自身も心得た上での冗談《ギャグ》であった。しかし、軍議に加わった猛者《もさ》たちは石のように黙っている。

「城には必ず抜け穴があるが、領土を丸ごとカバーしては、何の効果もあるまい。入れず出られず。結局、持久戦になるか」

雷火抄《らいかしょう》将軍がデータに眼を走らせながら長い煙管《パイプ》で一服した。〈都〉の〈戦事省〉から出向中のエリートである。その出身地からして、長期に亘《わた》る戦いは性に合うのかも知れない。

「そうはなるまい」

持久戦やむなし、と内心思っていた将軍たちが、驚きと怒りを隠さず声の主――グレイランサーに視線を注いだ。

「どういう意味だね、グレイランサー卿？」

「この状況で、我々ばかりかマイエルリンク卿に何か打つ手があると思うかね？」

「私にあるのは、マイエルリンクの性格への理解だ」

グレイランサーは空中に左手をのばして、止めた。

忽然とひとりの貴族がそこに誕生していた。

「マイエルリンク⁉」

3D映像と理解しているはずの将軍たちが、眼を剝《む》いた。それほど精緻《せいち》だったのと、この若い貴族に対する恐怖の念が仕向けた現象であった。

「この面構《つらがま》えを見るがいい」

グレイランサーは、美しい面立ちに顎《あご》をしゃくった。

「家柄、身分、これまでの実績など問題にならん。戦う男は面構えだけを見ればわかる。美しさに欺《あざむ》かれるな。これは怖るべき顔だぞ、総司令」

「確かに」

あっさりとミルカーラは認めた。

「凄まじい戦闘意欲、頭の切れのよさ、そして満々たる自信。どうやってそれを得た、マイエルリンクよ？　我々はこの顔の主と戦わねばならぬ。おまえは一歩も退くまいな。どんな奇手妙手を企んでおることか？」

「彼に打てる手といえば、このまま日々を過すことだ。その間に我々は奴のバリヤーを中和する反《アンチ》バリヤーを作り出せば済む。これなら、無駄な小競り合いで犠牲者を増やすより、ずっとマシだ。マイエルリンクは我々に都合のいい手を打ってくれたのかも知れぬぞ」

これは雷火抄将軍の同僚で、〈戦事省〉のナンバー2と言われるサド・ジェルミン大将であった。机上の猛者と軽蔑をこめて呼ばれる〈戦事省〉の中で、自ら飛行体を駆る戦士として認められた人物だ。

「何処に眼をつけておる」

グレイランサーが嘲笑した。ささやかな戦闘経験で英雄面をするまがいものという意識が抜けないのだ。

唇を歪《ゆが》めるジェルミンを尻目に、

「この眼を見ろ。この顎を怖れよ。これは、自ら先頭に立って敵陣に斬り込む男の顔だ。そんな男が、のうのうと城に籠って何もせぬ持久戦などに甘んじているものか。甘い甘い。我々が気を抜いた刹那に、大群を率いて襲いかかって来るわ。いや、我らには想像もできぬ奇策、奇兵を掲げてな」

「利いた風な口をたたく男だな」

ジェルミンが怒りの歯を剝いた。大将らしからぬ乱杭歯が、会議室の窓からさし込む月光に青白くかがやいていた。

「それこそ実質のない空論だ。貴公にマイエルリンクの何がわかる？　幼馴染《おさななじ》みでもあったか？」

「無論。今日はじめて会《お》うたほどの仲よ」

「貴公、わしを愚弄《ぐろう》するか？」

居合わせた戦士たちが顔を背《そむ》けたくなるような殺気が室内を吹き抜けた。ジェルミンは立ち上がった。

「およしなさい。二人とも」

総司令官の声が、ジェルミンを固定した。

「私が司令官でいる限り、私的な戦いは許しません。血を流したいのなら、マイエルリンクの血になさい」

戦場でトップの命令は鉄である。

ジェルミンは憤然と席に着き、グレイランサーはようやく笑みを薄くした。

「〈枢密院〉からは、五日以内に決着をつけるよう命じられています。それは現場で調整することにして」

公爵夫人はにやりと笑った。家柄だけで管理官をまかされた女だったら、〈辺境〉経営などできっこない。

「しかし、とりあえず全力は尽しましょう。グレイランサー卿、あなたの見解を実証できますか?」

「否ですな。あくまでも私の個人的見解にすぎません。ですが、この中にマイエルリンク当人を遠目にでも見た者がいれば、必ず私に同意するでしょう」

「――私も同意したいところですが、それでは取り上げられません。ジェルミン大将、現実的に採用すべきはあなたの戦法でしょう。しかし、持久戦を展開する時間はありません。五日以内にマイエルリンクと矛《ほこ》を交える方法を考えられますか？」

ジェルミンは、普段から悪いと陰口を叩かれている眼つきをさらに悪くして、思案に脳を投じた。こうなれば、歴戦の勝者、戦略の天才である。彼はすぐに眼を開き、にんまりとうなずいた。

「ございます」

第八章　楔雨

1

討伐軍の誰にとっても遺憾《いかん》な出来事は、翌日の早朝に生じた。

日の出と同時に、マイエルリンク側は重力バリヤーを外すや、討伐軍の施設に、楔《くさび》の雨を降らせたのである。

領土全体にバリヤーが張り巡らされている以上、討伐軍は国境に布陣する。しかし、正確にはバリヤーの位置はわずかに国境から自領に食い込んでおり、討伐軍陣地はすべて〈西部辺境区〉の内側に広がっていた。そして、何処にこれほど大量な数がと思われた鋼《はがね》の楔は、ただの一本も国境線の外へ――すなわち他国の領土へは落ちなかったのである。

実質的には被害はゼロに等しかった。楔の雨は、数が多いだけの単なる射掛けと変わらなかったし、討伐軍の施設はことごとくバリヤーに守られ、軍の中枢ともいうべき将軍や大貴族たちの柩《ひつぎ》は、さらに強力なシールドに守られた超合金製がほとんどだったからである。

人間の反乱分子による昼の襲撃を避けるため、貴族たちはバリヤーやシールドの他に、血を吸った〝半人〟やアンドロイドに身辺を護衛させる。バリヤー外にいたそれらの何人何体かが斃《たお》れたきりで、あらゆる武器や兵器や周辺装備は無傷であった。

第一陣の雨が熄《や》み、三分ほどの間を置いて第二陣が風を切り、雲を蹴散らして殺到したとき、忽然《こつぜん》と陽光の下にグレイランサーが現われた。

地面は矢ぶすまと化して黒い光を放ち、新たな楔の中には弾き返されるものもあった。グレイランサーの周囲にも、ばらばらと力なく落ちて来る。バリヤーに命中して撥《は》ね返った楔であった。

命中しそうな分は、ことごとく彼の数メートルも手前で弾けとんだ。槍である。グレイランサーの右手は、長槍を正しく眼にも止まらぬ速さで回転させ、不粋な雨をふり払っているのだった。

こちらからもおびただしい細い影が、地の果てへと飛んだ。敵のバリヤーが外れると同時に、討伐軍のセンサーがそれを感知し、応戦の火蓋《ひぶた》を切ったのだ。

奇妙なことに、貴族たちに核ミサイルを使用するつもりは一切なかった。貴族の不死性に対して熱による消滅は意味を持たなかったし、領民など虫ケラ以下に思っているから、いくら殺《さつ》戮《りく》しても痛くもかゆくもない。

しかし、降り注ぐ。楔の雨は間断なく、地平の彼方——千キロ先の丘陵にそびえるマイエルリンクの城から降り注ぐ。難なく躱《かわ》しているとしか見えぬ楔のサイズは長さ三メートル、太さ五センチ、五百キロ。落下速度はマッハ3強——秒速一二〇〇メートル。命中時の衝撃度は軽く千トンを超える。

足下に突き立った、或いは新たに突き立ったものを左手で払いのけながら、昼も歩く大貴族は、

「やるな、マイエルリンク」

と感嘆した。

「これなら、他領から苦情を言い募《つの》ることも叶《かな》わぬ。将軍どもの誰が手を結んでいようとも、だ。この楔雨《くさびあめ》は、おまえの実力《ちから》を示すためのデモ行為だな」

そこへ矢ぶすまと化した地面の楔を撥ねのけながら、一台の警備車がやって来て、グレイランサーの右方で停止した。

下り立ったのは、黒ずくめに遮光ヘルメットをつけた四人の〝半人〟であった。

いまだ吸血鬼の犠牲者にとどまる〝半人〟は、昼間も行動し得るが、陽光には弱いため、頭から手先爪先まで遮光服をまとわねばならない。

「卿、お下がり下さい」

「危険です」

口々に叫んで駆け寄る背から胸を、楔が貫いた。

あまりにも凄まじい衝撃に、身体が即死したことも忘れ、グレイランサーの前まで来て次々に倒れた。

「余計なことを——莫迦《ばか》者め」

吐き捨てるように言ってグレイランサーは、A－Gども参れと呼んだ。Aとはアンドロイドのことである。

施設の中から、身長三メートルもある大型アンドロイドが現われた。G《ジャイアント》たる所以《ゆえん》である。長剣を手にしている。飛来する楔を美しい響きとともに撥ね返しつつ停止した彼らに、グレイランサーは、

「こ奴らの死体を埋葬してやれ」

と命じた。彼を知る者が聞いたら、卒倒しかねぬ指示であった。

グレイランサーに限らず、どのような貴族に無比なる忠誠を捧げても、いったん死亡すれば妖鳥魔獣の餌《えさ》として打ち捨てられるのが〝半人〟の運命だ。それを貴族なみに埋葬しろ、しかも、そう命じたのが貴族一の猛将の口だとは。

A－Gが死体を担いで去ると、すぐに楔雨も熄《や》んだ。

マイエルリンクの領土はふたたび不可視の鎧《よろい》に覆われた。

その数秒後、

「戦車」

の絶叫が討伐軍陣内に轟《とどろ》くのを聞いたのは、〝半人〟のみであった。

さらに十数秒後、破れぬはずの障壁を貫いた一台の戦車と騎手とが、冬近い草原をマッハの速度で疾走していくのを見たのは、それが切る風のみであった。


何故か、新たなる攻撃は開始されず、一分とかからぬうちにグレイランサーはマイエルリンクの居城を望む村の東の外れに到着した。

「私としたことが、空を飛んでしまったか。まあ、場合が場合だ。時間もない。邪魔するぞ、マイエルリンク。だが、その前に――」

彼は戦車を下りて、村の方へ歩き出した。

戦闘時とあって陽ざしの明るい道にも人影はない。家へ押し入るしかあるまい。昨夜、何も口にしなかったせいで、少なからず喉《のど》が渇《かわ》いていた。

木立ちの間に家は見えていた。

グレイランサーは虫が好かなかった。ゴトンゴトンと水車の廻る音が聞こえるのである。貴族は流れ水《ランニング・ウオーター》が苦手の原則は、古今東西を通して不変であった。

「やむを得ぬな」

他の家まで大分あるし、どれも川べりであろう。村の中まで入ってのトラブルは、たとえ眠っていてもマイエルリンクの知るところとなる。いまのグレイランサーに必要なのは静謐《せいひつ》なる邂逅《かいこう》であった。グレイランサーの侵入をここの領主は気づいてはいまい。彼の戦車には、レーダー波や透視術を通過させてしまうステルス機能が備わっているからだ。これは妹ラリアが考案し、〝工人〟ヴァロッサの製作になるものであった。

あと十歩というところで家のドアが開き、十六、七と思しい娘と母親が現われた。

何よりもまず正面にいるグレイランサーが眼に入った。

驚愕から不審へ、そして恐怖へと二人の表情が辿り着く前に、グレイランサーは歩き出した。

これだけで人間は凍りつく。少なくとも、グレイランサーの知る人間たちはそうであった。

この母娘は例外だった。分厚い恐怖の層を突き破って溢《あふ》れ出したものは、純粋な怒りであった。

「あなたは、貴族ね」

「マイエルリンクさまの敵。――おまえさん！」

母親の叫びに応じてドアが開くまで数秒を要した。

男が二人――今度は二十代はじめの倅《せがれ》と父親だ。数秒の遅滞の原因は手にした大鎌と火薬長銃と、天高く鳴りはじめたサイレンらしかった。

「討伐隊の一味だな。ここから先は一歩も行かせねえぞ」

「お城へ行きたきゃ、おれたちを皆殺しにして行きやがれ。おまえたち」

父親は母親と娘に、大ぶりの山刀と白木の杭《くい》を手渡した。

グレイランサーの眉が興味深げに寄った。

「武器を渡した以上、自分の妻と娘より、マイエルリンクが大切というわけか。〈西〉ではそれが人間のやり方か？」

「あの御方くれえ、おれたちのことを考えて下さるご領主さまはねえ。ここにいるのは、みんなあの御方の力で生命を救われた者だ。いいや、村の者みんながそうだ。一度死んだ生命だ。ご領主さまに差し上げるだ」

父親は震えていた。血の気を失った顔は汗でまみれていた。それが、彼の勇気が真実だと伝えているのだった。

グレイランサーの瞳が、娘を映した。

「おまえもそうか？」

「そうよ」

あどけなさを残す顔がうなずいた。ふと、グレイランサーはさっきから感じていた場違いの原因にようやく気がついた。娘が恐怖に歯を鳴らしながら続けた。

「父さんと母さんが未知のバクテリアに襲われて、身体の半分が腐りかけてたとき、お城からマイエルリンクさまご自身がやって来て、薬を届けて下すったのよ。父さんも母さんも——次にかかった私も兄さんも助かった。村のほとんどが罹患《りかん》してたけど、ひとりも死なずに済んだ。それから定期診療も受けられるようになった。ご領主さまは生命の恩人よ」

「あたしは五十年前にこの土地へ来たけれど、他の〈辺境〉じゃ、軽い伝染病が広がっただけで、薬と食べ物さえあればいくらでも助かる子供や赤ん坊が、バタバタ死んでいくのさ。ご領主は血を吸うばかりで何もしてくれない。何が領主なもんか。領民を守れない領主が何処にいる？　ここへ来たとき、あたしは本当は自分はもう死んでて、天国へ来たんじゃないかと思ったよ。五十年——五十年もここで暮らせりゃ十分さ。ご領主さまには指一本触れさせやしないよ」

「ここへ来る前に〈北〉へ行ったか？」

「いいや。〈南〉と〈東〉では暮らしたけどね」

「ふむ——娘、いやおまえたちを見ていると、私のところも含めて、他の〈辺境〉とは顔つきが違う。穏やかだ。それも、マイエルリンクのせいか？」

「そうだ」

娘の代わりに父親がうなずいた。

「ここの土地の者は、みんな笑って暮らせるだ。そら生活は厳しいけど、飢えることも寒さで凍えることもねえ。祭だって禁じられていねえ。だから、笑顔が絶えねえんだ。他所《よそ》の〈辺境〉へ行ってみろ。生まれたばかりの赤ん坊がいくらあやされても笑わねえ。生活がきつくて厳しくて、笑ってなんぞいられねえんだ。子供が大人みてえな怖い顔してる土地が、まともなわけがねえ。おい、おめえの土地はどうだ？　子供が笑ってるか？」

「ふむ」

マイエルリンクの点数稼ぎめが、とグレイランサーは憤りを感じた。こいつらの増長ぶりはどうだ？　管理官の風上にも置けぬ。

彼は最後の問いを放った。

「何故、みなで杭を持たぬ？」

父と倅が顔を見合わせ、倅が答えた。

「杭はおめえらのような悪い貴族を刺すためのもんだ。ご領主さまたちには必要ねえ。だから家にゃ一本しかねえんだ」

前へ出ようとしたとき、道の向うからおびただしい足音が近づいて来た。

サイレンを聞きつけた村人たちであった。あっという間にグレイランサーを取り囲んだ数は約二十人。すぐに増えるだろう。みんな武装していた。手にした山刀や槍の穂が陽光にかがやいた。

先頭のリーダーらしい革ベストの壮漢が喚《わめ》いた。

「覚悟しやがれ。ここで滅ぼしてやる。なんで陽の光の下を歩けるのか知らねえが、その体格《がたい》と服装《カッコ》と牙で、貴族に間違いねえ。てめえ、何処の〈辺境〉の者だ？」

「〈北〉だ」

「〈北〉？　じゃあ、グレイランサーのとこか？」

声のトーンが落ちた。鉄の領主に守られている土地でも、〈北部辺境区〉の領主の名は、常に恐怖心をかき立てるのだ。

沈黙が先か、ざわめきが後か。陽光の下で声がひとつ――

「私がグレイランサーだ」

人々は光を怖れるかのように、沈黙を選んだ。

2

そして、人々は足音を聞いた。山が動くような。

途方もなく巨大なものが、地響きをたてて彼らの前を進んでいく。

人々は天を仰いだ。

グレイランサーは立ちすくむあの家族の前へ行き、娘の腰に左腕を巻いた。

抱きかかえるようにされても、娘は声ひとつたてなかった。彼の名前が気死状態に陥らせてしまったのだ。

誰かが、ああと洩らした。

「眼を閉じよ」

とグレイランサーがささやいた。不思議と優しい声であった。

怯えの指に押し広げられたままの瞼《まぶた》の上を、巨大な手が撫でた。

光よ、闇の跳梁《ちょうりょう》を許すのか、汝《な》が眼差しの下で。

人々は無音の闇を選んだ。

閉じた眼を開き、押さえた耳を開けたとき、彼らは大貴族のケープに頬を寄せる娘を見た。

眠っているようだ。信頼し切った、安らかな笑顔。いい夢をごらん。

娘はそっと地上に下りた。

グレイランサーが下ろしたのである。愛し子を扱う慈父のような動きであった。

娘は立っている。

なのに眠っている。

顔は青白く、唇は透きとおって。野心に燃える画家なら、紅い血管を描かせてくれと手を合わせるだろう。

いや。

呼吸《いき》は何処だ？

誰かがそう考えた刹那、娘は崩れ落ちた。

その頸動脈に開いた二つの歯型を、人々は吸い込まれるように見つめた。

「娘とその家族に礼を言うぞ。これでマイエルリンクを斃せよう」

またも名前が、人々の間に触媒を投じた。

愚鈍な顔に感情が閃いた。まず悲鳴を上げたのは、娘の母であった。

それを絶叫に変えて、父と兄とがそびえる大貴族に突進した。

その首すじを銀光が一閃した。

高々と舞い上がった二つの首は、血の噴水に押し出されたように見えた。

それが地上に落下した瞬間、村人たちはグレイランサーめがけて殺到した。

同時にグレイランサーも踏み出した。

いつの間にか握った銀色の長槍を激しく回転させながら。

その足は止まらなかった。

村人たちは彼の前で、否、左右で、後方で、次々に倒れていった。その首を失った切り口から、血のシャワーを祝祭の酒のごとく高々と噴き上げながら。

これが貴族だ。

これがグレイランサーだ。

吹き荒れる血風にその全身は紅く染まり、吹きつける血潮を彼は舐《な》め取った。

だが、彼は動揺を感じていた。

斃しても斃しても、人間どもは歯向かって来る。その顔は明らかに怯えている。勝てぬと知った敗者の顔だ。それが眼を閉じ、歯を食いしばって、彼らは杭を手に火薬銃を射ちまくりながら突進して来るのだった。

――何故、死を怖れぬ？　おまえたちは死なねばならぬ身だぞ

グレイランサーの眉がまた寄った。

足音がやって来た。新たな村人たちであった。

だが、このまま前進と阻止の闘いが続けば、この村の人口は死に絶えてしまうのではないか。

秋の朝を飾る空気には、もはや血の臭いしかしなかった。

「待て、下がれ」

彼方から、こんな叫びが鉄蹄《てってい》の踏音《ふみおと》とともに飛んで来た。

それは休みなく肥大し、人々を裂きしりぞけて、その中央に黒馬と装甲の騎手となって結晶した。

「我々はマイエルリンク卿の巡察隊である。グレイランサー卿であられるか？」

三人のうち先頭の偉丈夫が馬上から尋ねた。

「そうだ」

「やはり。村の者どもが失礼をいたしました」

三人は鞍《くら》から下りた。

「いや、領主思いの者たちであった。羨《うらや》ましい限りだ」

「これは驚き入ったお言葉を。主人《あるじ》から、丁重にお連れするようにと命じられております。まずはこちらへ」

騎手の右手が上がると、頭上から青い飛行体が降下して、人々の頭上三メートルあたりで停止した。

「その必要はない。私の乗り物があちらにある」

背後を指さすや、グレイランサーの身体は霞んだ。血の霧に彩られた。それが消えると一滴の赤いしずくも付着させていないケープ姿が現われた。彼は自らの身体を震動させて自らを洗浄したのであった。

「主人の仰せのとおりの御方ですな。では、そこまでご同道仕《つかまつ》ります」

「不要だ」

「それでは我々の任務が果たせませぬ。お目通りが叶ったときから、決しておそばを離れるなと命じられております」

グレイランサーはあっさり考えを変えた。この辺は貴族の呼吸である。

「ついて来い」

彼は背を向けて歩き出した。足下の道はぬかるみだった。長靴の踏み込む泥は赤かった。

「マイエルリンクさまのお客人だ。無礼は許さぬぞ」

騎手の声がなくても、村人たちは動けなかったろう。グレイランサーのあまりに凄まじい戦いぶりと、その突然の中断に、彼らの精神は崩壊していたのである。

やがて、豪奢《ごうしゃ》な送迎用飛行体と、ずっと小さいが遙かに美しく飾られた戦車とが、中空を猛スピードで疾走し、村の南端――その丘陵の頂きにそびえる優美堅牢な城へと到着したのは、わずか二分後のことであった。


その調度、彫刻、家具を見れば決して派手ではないが、金銀銅や宝石の使い方、配置ぶりの巧みさに主人の趣味のよさと清廉、剛毅《ごうき》な性格が仄《ほの》見えて、客たちを安堵《あんど》させる――たとえ敵であろうとも――そんな客間で、グレイランサーはマイエルリンクの柩と相対した。

人間からすれば、不気味で無礼極まりない作法だが、柩の中で眠り、少なくとも手も足も出ない状態で、木偶《でく》の坊《ぼう》のごとく横たわる昼の貴族にとっては、たとえ柩に守られているとはいえ、ほとんど無防備で自らをさらけ出す最高のもてなしなのである。

「お待ちもうしておりましたぞ、グレイランサー卿」

「どうやらそうらしいな。私が昼間歩けることを何処で知った？」

「何処も何も、〈辺境〉全区で知らぬ貴族はいまい。〈枢密院〉がよくその秘密を明かせとごり押しせぬものだ」

「したさ」

「やはり」

枢は低く笑った。結果を予想していたのだ。

「――で？」

と重ねた。

「あの頃の議長はヴェルギリス。足を滑らせたふりをしてこの槍を右腕に軽く当ててやったら、次からは何も言って来なくなった。五度ほど侵入者があったし、妹も襲われたが、何とか乗り切った」

「何とか、ね。どうやった？」

「招かれずに我が家を訪れた者は、出て行くこともできんのだ。妹の場合は――私より悪い相手に出くわした、というわけだ。それきり、質問も呼び出しも途絶えた」

「議長ヴェルギリスの右腕は二度と動かなくなったと聞いている。我らの支配が及ばぬ東方の国に、そのような魔法を可能とする技が伝わっておるとか」

マイエルリンクの声は好奇にかがやいていた。

「私も聞いているが、それだけだ」

「喫《す》うかね？」

大理石のテーブルに載った黄金の葉巻入れを、グレイランサーは一瞥《いちべつ》した。

「喫《や》らん」

と眼もくれない。

「ＯＳＢが所持していた放射線銃のエネルギー源を植物の成長に応用してみた。気に入ると思うが」

「肺癌《はいがん》が怖いのでな」

勿論、嫌味か冗談だ。強力な放射線照射も、貴族には何ら痛痒《つうよう》を与えない。

それでも興味はあるらしく、グレイランサーは一本を手に取り、カッターで吸い口を切った。

卓上のライターで火を点け、深く吸い込んで紫煙を吹き出した。

別の一本を手に取って見つめ、

「確かに逸品《いっぴん》だ。放射線が肥料とはな」

「ＯＳＢの星系で発見された放射線らしい。色々と応用できそうだ」

もう一服してから、

「ふむ。ところで」

「一騎打ちなら」

「その前に議長コルネリウスだ。あの噂《うわさ》を聞いたが、本当か？」

「当人に確かめた。ただし、二度と口にしないだろう」

「他に加担している者は？」

「私の知る限りでは、〈枢密院〉全員」

グレイランサーは苦笑を浮かべた。

「それは面白い。万にひとつもおまえに勝ち目はないな」

「勝ち目のない戦いを籠城戦《ろうじょうせん》で迎えるほど、私は無邪気な男ではないつもりだが」

「わかっている。それを証明し、なおかつ討ち果たすのが私の仕事だ。ところで、ミルカーラ公爵夫人——と言ってはならぬな、総司令官だが」

「女としては大した遣《や》り手と聞いている」

「男に対してもだ」

「口説かれたかな？」

　柩の声が男らしい訊き方になった。

「まだだ。だが、マキューラはやられた」

「〝ゼウス〟が？」

「もとから美女には弱い男だ。しかし、私の勘では、報酬はミルカーラひとりではあるまい」

「何を企んでいる？　ひょっとして？」

「わからん。すべてはこの前、この城で彼と出会ったときに感じたものだ。私の勘だ。正直、自信はない」

「確率は？」

「三割ちょっと」

「なら信じよう」

「話し相手がおまえで残念だ」

グレイランサーは右手を上げた。手には銀色の長槍が真紅に変わる時間《とき》を待っていた。

「幸運を祈る」

槍は柩を貫き、床に食い込んだ。

柩と床の間から鮮血が溢れ出したのは、ふた呼吸ほど後である。

グレイランサーはにんまりと唇を歪《ゆが》めた。

槍をひとふりした。

柩は軽々と宙に舞った。木ではない。数百キロはある石の柩であった。それは凄まじい音をたてて三十メートルも向うの壁に激突し、床に落ちた。壁も床もびくともしない。

「客が戻るぞ!」

グレイランサーは、彼方の扉へ向かって大喝した。


ミルカーラ総司令官の眼醒めと同時に、司令棟の一室へ呼ばれた。

「記録を読みました」

青白く美しい女司令官は、咎《とが》めているとも笑っているともつかぬ表情で、大貴族を見つめた。

討伐軍の基地には敵の侵入に備えて、完璧な監視システムが設置されている。

「副司令ともあろう方が、何の連絡もなく単独行動を取っては、軍規を保てません」

「ごもっとも」

グレイランサーは重々しく、神妙にうなずいてみせた。規律には最低限従わなくてはならない。この男にはそれが血の中に流れている。

「で？」

ミルカーラは冷やかに尋ねた。

「マイエルリンクの城へ出向き、柩ごとこの槍で貫いて来た」

「ほお」

真紅の唇がOの字《オー》に開いたが、柳葉のような眼には何の感情も浮かんでいない。

「それは信じましょう。ですが、主人を殺《あや》めた城から、よく無事に戻れたこと」

「それは、総司令がマイエルリンクという男をご存知ないからだ。自分がどうなろうとも、客人として招待した相手は最後まで客人として扱えと、指示は鉄であった」

「すると、今回の討伐戦は、これで終了ということになりますが」

「それは虫のいい考えだな」

グレイランサーは、これだから女は、という口調を隠さずに言った。

「主人が滅びても、骨のある家臣がひとりでもいれば、城の者すべてが死しても開城はすまい。ましてや、マイエルリンクが徹底抗戦を指示していたとすれば」

「あなたの言葉を信じるなら、マイエルリンクがそのような指示を下す貴族とは思えません」

「骨のある家臣がいれば、と申し上げた。それでもマイエルリンクの命とあれば、無血開城も受け入れるかも知れん。しかし、そこは賭けになる」

「ふむ。先刻から開城を呼びかけているけれど、いまだに返事はありませぬ。これからのことは軍議にて決しましょう。ここでの会見は他言無用といたします」

グレイランサーはまたにやりと笑った。今回は、

——やりよるわい
と感心したのである。

敵が無血開城に応じなかった場合、その主人が戦死したとなれば、こちら側の気迫は十倍もレベルアップする。敵方の闘志は下がるのが普通だが、マイエルリンクの場合は、臣下の畏敬の念がこれは万倍も凄まじい。この状態で両軍激突すれば、こちら側は出端《ではな》をくじかれ、それだけで戦意はがた落ちになるだろう。不必要な戦さばかりが蜿蜒《えんえん》と続く愚だけは、司令官として犯してはならなかった。


軍議の結果、朝の攻撃に怒り狂った諸将たちは、一刻も早くバリヤーを無効化して突入すべきと意見の一致を見た。

「しかし、マイエルリンクのバリヤーは、我々の中和装置《ニュートライザー》では消滅させられません」

ひとりが現実的な意見を述べると、別のひとりが、

「科学部隊の強化中和器が完成するまで待つ他はあるまい。ま、千日手だな」

「仕方あるまい」

「左様左様」

倦怠《けんたい》の気ともいうべきものが、軍議場に満ちた。

ひとたび戦場へ出れば、ここに集合した諸将は、炎と化して敵を討つ猛将揃いなのである。それが、ひとたび無駄と判断した途端、全身を駆け巡る血潮は青く変わり、燃える気迫は静謐を求める。良くも悪くも、これが貴族というものなのである。後の衰亡の根源《もと》はこれであったかも知れない。彼らはグレイランサーの敵中突破とマイエルリンク殺害とを知らなかった。怖るべき女司令官は、軍団のトップにさえ伝えていなかったのである。

それまで珍しく傍観者を選んだがごとく瞑目《めいもく》していたグレイランサーの両眼が炎を噴いた。生煮えの空気に我慢が限界に達したのだ。

ふたたび戦車を駆って、攻撃の先鋒《せんぽう》を務めると申し出るつもりか。マイエルリンクは滅んだと、ミルカーラの意向を無視して口外するつもりか。

澱《よど》んだ沼の魚たちが水中で煮えたぎるマグマの噴出に気づいたかのように、諸将たちは彼の方を向いた。いや、向こうとした。

それを止めたのは、テーブルを叩きつける重々しい打撃音であった。

「グレイランサー卿」

と、震える拳《こぶし》から大戦士へと視線を転じた若き武将の眼は、こちらも火を噴いていた。

「他の者はいい。しかし、あなたまでが、このだらしない、苔《こけ》むしたがごとき空気に埋没なさるおつもりか？　私は耐えられぬ。我慢ならぬ。眼の前に討ち果たすべき敵の領土を見ながら、たかが一枚のバリヤーを破れぬからと、拱手傍観《きょうしゅぼうかん》を選ぶのが戦う者のすることか？　ミルカーラ総司令、いまここで、攻めたければ攻めろと命じていただきたい」

それは、ミルカーラと同じ〈南部辺境区〉出身の大貴族、クロロック公爵家の若き総帥《そうすい》であった。名をダルシャンという。

「攻めろと言ったら、どうするつもりじゃ？」

とミルカーラが訊いた。口調は冷やかだが眼は優しい。

「いかに強固なバリヤーといっても、地下十キロまでは張られておりません。総司令はご存知でしょうが、我がクロロック家には代々伝わる〝地下攻め〟の軍略がございます」

「おお、そなたの父御と一度見た。地底モグラ〝ランドロス〟」

「そのような名の兵器もございます。マグマの内部は約一千度。その中を自在に動ける我が軍は、必ずやマイエルリンク城の真下に進行し、その足下から突き崩してごらんに入れる。なにとぞ、攻撃許可を賜りたい」

「ならぬ」

これには、グレイランサーのこめかみがぴくりと動いた。ミルカーラは言った。

「軍議での決定は鉄じゃ。何人《なんぴと》たりとも逆らうことは許されぬ。まして、力押しで一歩を譲るような相手ではあるまい。私が総司令である限り、誰ひとり無駄死にはさせぬ」

若き将の全身は怒りに震えていた。戦いというものの本質を、若さは許せないのである。

「総司令のご命令だ」

軍人たちの眼は、ふたたび発言者に向けられた。

グレイランサーは、その巨軀《きょく》を椅子から立ち上がらせたところだった。諸将たちの視線を全身に浴びながら、彼はダルシャン・クロロック公のそばに歩み寄って、その肩に手を置いた。

「死しても背くことは許されぬ。だが、少なくとも真《まこと》の戦士がひとりはいたわけだ。総司令、夜の見廻りが恋しくなって来た」

「軍議はこれまでとします」

ミルカーラ総司令の氷の声が、一同の脳を揺すった。


月光の下に、鋼《はがね》のモグラたちは銀青の肌を寒々とさらして、土に戻るときを待っていた。

全長百メートルに及ぶ武骨この上ない車体は、先端の大ドリルと無限軌道《キャタピラ》によって、それこそ巨大な虫のように地中をうねくり進む。

すでに兵士たちは十四のモグラの周囲に踵をそろえていた。

他の区の将兵たちに気づかれぬよう、バリヤーを張り巡らせた陣地の一角から、彼らは禁断の攻撃に打って出るつもりであった。ヘルメットの下でその両眼は真紅にかがやき、牙は白々ときらめいた。

すでに作戦は克明《こくめい》に伝えられ、搭乗を待つだけの彼らの前で、自らも戦闘服に身を固めたダルシャン・クロロックは静かに鋼の虫たちを指さした。

「搭乗」

兵士たちは音もなく走った。

その後を追おうとしたクロロックの背後から、

「行くか？」

と錆《さび》を含んだ声がかかった。

「グレイランサー卿」

ふり返って巨人を凝視する若き総帥の眼に、畏敬の光が溢れた。

「看破されておりましたか？」

「いや」

グレイランサーは首を横にふった。

「私なら同じことをやる——そう思っただけだ」

「お目こぼしを願います」

「軍議のふやけた空気に、眼をやられたらしい」

彼は両眼をしょぼつかせて、

「しかし、液体金属を使えば、錐《きり》状の地底戦車を作れるものを。何故か我々は古さから逃れられぬ」

地底モグラの武骨さを言っているのである。どう見ても、時代遅れどころか一万年以上前の子供向け雑誌に載っていた古代兵器の具現だ。車体には鉄鋲《てつびょう》さえ打たれていた。

「我々のアナクロ趣味もここに極まれりか――止めはせんが、思い直したらどうだ？」

「グレイランサー卿のお言葉とも思えませぬな。戦いは生と死とで決着がつきます。どっちつかずのまま戦場にはいられません」

シャツの袖をめくり上げて、

「地下から潜入して必ずマイエルリンクを拉致《らち》するか、それが叶わなければマントル層へ突っ込んででも、彼奴《きやつ》の城を破壊してごらんに入れます」

ご期待下さい、と若い貴族は不敵に笑った。

さすがに昔風の獰猛《どうもう》なエンジン音は殺して、次々に地中へと潜り込んでいくメカをグレイランサーは黙然《もくねん》と見送った。

「恐ろしいことだな」

ひと言洩らしたのを、近くにいた討伐軍の白髪の高官が聞きつけ、

「どういう意味でございましょう？」

グレイランサーはすぐに答えた。

「あんな若者が、おまえより先に滅びてしまう」

第九章　陰謀の煉獄

1

討伐軍の基地は緊張を塗り込めた。

クロロック部隊の高官が、ダルシャンの隠密攻撃をミルカーラに報告したのである。

まるで予期していたかのように、ミルカーラは驚かず、

「帰隊後、罰は与えます」

と告げてから、各部隊のトップに地底攻撃の存在を伝えた。

五十に及ぶ各部隊の司令官が、憤然と本部に乗り込んで来ても少しもおかしくなかったのである。

だが、クレームはわずか二部隊に留まり、ミルカーラのかたわらについたグレイランサーに苦笑を結ばせた。

「我らの精神的弛緩《しかん》はここまで達しているようだな」

皮肉な物言いに、ミルカーラは同じく微笑を浮かべ、

「精神止まりならいいのですが」

「すると――」

「魂」

とミルカーラは片手を豊かな胸に当てた。

「溜息をついてもよろしいか？」

「あなたには似合いませぬ」

ミルカーラは右手を空中でふった。

マイエルリンク城の俯瞰図《ふかんず》が現われた。

「優雅な城だこと」

ミルカーラは感嘆を隠さずに言った。

「左様。貴族の城は武骨ひとすじが常識であった。マイエルリンク家は、何から何まで型破りだ」

「どうお考えですか？」

「どう、とは？」

「あれは貴族全体への挑戦です。フリーメン・マイエルリンクの父はライアン・マイエルリン

ク――彼も掟破りの人間尊重主義者でした。血以外の献上を廃し、じかに吸血せずに、血のみを献上させて済ませる愚行も、彼がはじめたことです」

「存じておる」

「グレイランサー卿、〈枢密院〉の謀りごとについてはご存知ですね？」

「少々」

「彼らが〈辺境〉さえも自由にすれば、この世界は実質的に彼らのものになる。〝御神祖〟が私たちに〈辺境〉をまかせたのは、それを警戒してのことだと、私たちは知っている。〝御神祖〟の命令はこの星が滅びても守らねばなりません。それに逆らってまで、議長コルネリウスたちが〈辺境〉の、いいえ、世界の支配権を欲しがるのは、何故？　それも――急に？」

「さて」

と答えながら、おまえと〝ゼウス〟は何を企んでいる？　とグレイランサーは訊きたくなった。

唇に笑みが浮かぶのを、グレイランサーは感じた。陰謀の類をこの男は決して嫌いではないのだ。というより、貴族の性癖だと、これまでの〈辺境〉経営でつくづく実感しているのだった。

「ミルカーラ総司令」

と彼は声をかけた。

「〝ゼウス〟は——」

「総司令」

とメカの声が呼んだ。

「どうしました？」

ミルカーラに驚いた風はない。

「いま、地下二千メートルで十度の爆発を検知いたしました。爆破地点は——」

と数値を伝え、

「——ダルシャン・クロロック卿の〝ランドロス〟到達地点と思われます」

ミルカーラは眼を閉じ、グレイランサーは溜息をついた。

その行為で区切りをつけるわけにはいかなかった。

メカの声は続けた。

「爆破地点から、巨大な物体が上昇中。全長三百メートル、高さ二百メートル。土を押し抜いて来ます。このまま前進を続ければ、地表出現地点は、グレイランサー隊の布陣のほぼ中央、出現時間は一九：一九N《ナイト》」

グレイランサーはケープの襟《えり》もとにつけた黄金の飾りに顔を向けた。

「私だ。あと四分以内に全員十キロ東へ退避せよ。兵器、施設その他は、一分前までに移せ。できねば放棄せよ」

全軍に地下からの挑戦を告げたミルカーラが、青白い美貌を副司令官に向けた。驚きの色を隠そうとして、隠し切れなかった。

「グレイランサーという名の男が、装備を放棄して逃げよ、と？　私は別人を見ているのですか？」

「正直、自分にもわかりかねる」

グレイランサーは憮然《ぶぜん》と答え、

「それよりも、司令官も早々にここを退出なさった方がよろしい。出現するのは我が陣の真ん中でも、被害は全軍に及びかねん」

「わかっています」

ミルカーラは立ち上がった。どうすれば、このようなものが身につくのかと、万人が嘆息するに違いない優美な動きであった。

三分以内で、全軍の撤退は完了した。

そして、地底の内部のものは、敵味方注視の中、闇の地上界にデビューしたのである。

それが地底で生きるにふさわしい体形かどうかは、大いなる疑問だった。

甲虫のような身体は岩盤状の鱗《うろこ》にびっしりと覆われ、その間から土砂が百メートルもこぼれ落ちて、下方の木立ちをへし折っている。眼はなく、それが退化したと思しい突起物が、頭の横に二つついていた。足は見えず、恐らくは地面と密着したような腹部の底に並んでいるものと思われた。

　グレイランサー隊の副司令ユヌス大将は、隊と一緒にバリヤーも後退させ、その生物は、前後を敵味方のバリヤーで囲まれることになった。

　生物としての本能に従い、そいつは前方——グレイランサー隊のバリヤーにぶつかり、撥《は》ね返された。どういう了見か、そいつは自由に動ける左右に移動しようとはせず、見えない壁と対峙《たいじ》した。

　その全身が白く煙った。

「あれは？」

　十キロ離れた場所に新たに設営された——というより移動しただけの本部で、ミルカーラの問いに、

「あの鱗は単なる皮膚の一部ではない。地中を移動するための振動板だろう。これは少々厄介だが、面白いことになるぞ」

「面白いの意味がわかりかねますが」

　ミルカーラが言い終える前に、

「バリヤーが崩れはじめました」

　とメカの声が告げた。

「まさか、重力バリヤーを——」

さすがに驚くミルカーラへ、

「土中のあらゆる岩石を砕いて前進する振動波——重力バリヤーといえど耐え切れぬ出力を秘めているかも知れん」

グレイランサーは楽しそうである。未知の敵は、彼の血を騒がす掛け替えのない道具なのだ。

「バリヤーが崩壊した瞬間、飛行戦車隊を出せ。奴の後方から攻撃せよ」

「あの生物の背後から攻撃を？」

と訊くミルカーラへ、

「左様——おお、バリヤーが破れるぞ」

グレイランサーの眼が光った。

空中に浮かぶスクリーンの中央で、そいつは突進した。バリヤーの位置を突破し、彼方のグレイランサー軍へと進撃する。

その頭上を銀色の戦車が飛び去る——と見えて、大きく旋回するや、疾走中のそいつの後部——下半身へ黒い物体を投じた。

鱗のひとつに直径十メートルほどの孔が開き、それが広がっていく。次元侵蝕《しんしょく》弾であった。標的と接触した異次元空間が、それを吸い込んでしまうのだ。どんな魔獣にも逃れる術《すべ》はないと思われた。

「また光ったわ」

ミルカーラの声に、グレイランサーがうなずく。

それの全身はかがやきに包まれた。光が消えたとき、背の破損部は拡大をやめていた。超振動が異次元の侵略を破ったのだ。

「危険よ、グレイランサー卿」

「いいや」

その声に反応したのは副司令ではなく、そいつのようであった。

数万、いや、数十万トンと思しい巨体が、軽やかに方向を転じたのだ。

百八十度向うには、マイエルリンクのバリヤーがそびえていた。

「光ったな。ほう、マイエルリンクのバリヤーも、物の数ではないらしい」

それが一歩前進するたびに、周囲の地面は陥没し、建物も崩壊していく。

そいつに背面攻撃をかけ、マイエルリンクの仕業だと誤解させてバリヤーを破らせる。これがグレイランサーの作戦だったのだ。

「いまだぞ、司令官」

ミルカーラはかすかにうなずいただけであった。

「バリヤーの破壊地点へ、全軍出動！」

総攻撃のシステムは打ち合わせ済みである。

月光の下を、討伐軍は前進を開始した。

「――？」

ミルカーラの眼が、今度ばかりは大きく見開かれた。

いま、先《せん》の先《せん》を取るがごとく、ただ一機マイエルリンク領内へ突入していった戦車は――？

ミルカーラは右方を向いた。

巨人はいなかった。


月光を浴びてグレイランサーはマイエルリンク城へと進んでいた。

顔面を叩きつける風はもはや剛体であった。バリヤーなど不要。大自然の中で生身でぶつかり合う――これこそが、グレイランサーの戦いであった。

前方にマイエルリンク城がはっきりと視認できた。対空砲火も迎撃飛行体もない。かすかに罠かと思いつつ、構うものか、滅びるのは我ひとり。

「行くぞ！」

叫んだ眼の前に、ミルカーラの白い貌《かお》が浮かび上がった。そして、

「作戦は中止です、グレイランサー卿」

「は？」

思わず口を衝《つ》いた。

「いま、マイエルリンク側から正式な降伏申し入れがありました。戦闘は中止。代わって、地

底からの存在を撃破するように」

「――――」

「降伏した以上、マイエルリンクの領土は〈枢政省〉のものになります。それを荒らす存在は殲滅《せんめつ》しなければなりません。その後は副司令として、降伏条約調印に加わっていただきます」

「――承知した」

前方にマイエルリンク城の天守が迫って来た。

無言で反転し、地底の怪物へと戦車を駆るグレイランサーの顔には、怒りの限度を越した憮然たる無表情が貼りついていた。

2

調停が終結すると、グレイランサーはたちまち各将軍の吊し上げを食った。

彼らの譴責《けんせき》の先鋒《せんぽう》は、マイエルリンクの死を何故黙っていたかであり、次に軍議での決定を無視した独断行であった。

最初の方はミルカーラが自分の指示だと告げたが、後の分は責任問題にまで発展し、〈枢密院〉の決定を仰ぐことに決まった。

譴責の席上、猛将たちの非難を瞑目《めいもく》無言でやり過した彼は、それが終焉《しゅうえん》するや、気を抜いた全員が蒼白となるような眼差しを向け、さっさと議場を出て、帰城せんとするマイエルリンク軍の高官——ビルネージ大将軍を捕まえた。

「マイエルリンクの墓は何処だ?」

「おお、花でも手向《たむ》けていただけまするか?」

グレイランサーは歯を剝《む》いた。

「敵将の花など、真の武人なら喜ぶものか」

ここで少し声を落とし、

「ひとつ確かめたいことがあるのでな」

「城の地下にあるマイエルリンク家代々の礼拝堂でございます」

「ふむ。では、一時間後に顔を出す。扉を開けておいてもらおう」

ある決意を眼光にこめて告げた。


これほど攻撃側にとって負担の少ない終わり方はなく、またこれほど不満な終わり方もなかった。

無血開城はいいとして、戦いさえすれば、戦功を上げた者にはそれなりの褒賞《ほうしょう》が与えられるし、敵の城を落としたら、金銀財宝は取り放題、盗み放題だ。その辺は、昔ながらの戦の掟《おきて》である。

今回はそれが全くない。そもそも、敵が戦う前に総大将がやられてしまい、その報復をと憤る部下たちは、マイエルリンクが遺《のこ》した無条件降伏、無血開城の指示の前に涙を呑んだのである。

当然、〈都〉側の将兵たちの怒りと呪いは、グレイランサーに向けられた。

現に同じ状況で怨《うら》みの暗殺剣を受けた将も何名かいる。グレイランサーが怨みを買いながらも例外だったのは、やはりその力の成せる業であった。

一時間後、彼はマイエルリンク城の地下礼拝堂にいた。案内役の執事長の他に伴はひとりきり——それも兵士ではなく、グレイランサー子飼いの部下であった。

月光が広大なフロアと四方を囲む石壁、そして、壁の穴に収められたおびただしい豪華な柩《ひつぎ》を照らし出している。

無論、幻想の月であり、星であり、夜空であった。

先を歩く執事長に、

「主人は見栄っ張りか？」

と訊いた。

「とんでもございません」

金髪が激しくふられた。

「マイエルリンクさまは、そのような俗な感情とは最も無縁な方でございました。もしも、柩のことを仰っていられるのなら、父君さまのご遺言に従ったまででございます」

「見栄っ張りは親父殿の方か」

銀色の長槍が、柩のひとつを軽く叩いた。

不老不死を誇る貴族にとって、死者は当然少ない。

礼拝堂に先祖の柩を並べるのは人間の名家の埋葬法に倣《なら》ったものだが、おびただしい柩はすべて遺骸のない飾りものとなる。グレイランサーが見栄っ張りと言った所以《ゆえん》である。すなわち、これをしでかす貴族がいかに多いかということだ。

「こちらでございます」

気分を害したらしく、しばらく無言で先を歩いていた執事長が、足を止めて前方の扉を示した。

「最後のご当主の奥津城《おくつき》でございます」

扉の向うには、先刻のフロアを凌《しの》ぐ広大な空間が広がっていた。それは幻ではない、とグレイランサーは見て取った。

大理石の床の真ん中――二百メートルほど前方に、四基の燭台《しょくだい》に囲まれた青銅の台と柩があった。その表面《おもて》に炎が揺らめいている。

柩は確かに長槍の貫通痕を蓋《ふた》の表面に留めていた。

「私はこれ以上入れませぬ。後はご自由に」

一礼する執事を残し、グレイランサーと部下は戸口をくぐった。

用心など何処の世界のことか。大股に台上の柩めざして歩き出し、五十歩ほど進んだところで、グレイランサーは足を止めた。

天井から青い人影がゆらゆらと舞い降り、行く手をふさいだのである。

農民の服装をした男女が四人と二人。しかし、人間では無論ない。天井は百メートルもの高みに支柱を広げていた。

「〝半人〟か」

グレイランサーの眼はすでに真紅に燃えている。

「私がここへ来ると、誰に聞いた」

答えは一斉攻撃であった。

男四人が斬りかかり、二人の女は杭《くい》打ち銃を構える。飛び道具が先制攻撃を受け持たないのは、グレイランサーの長槍が銃より速いからだ。我を忘れた死闘の合間を狙う他はない。

だが、銃の一挺は後方に立つグレイランサーの伴に向けられた。

ばしゅっ、という火薬の燃える音が先に鳴った。

杭打ち銃も続いた。射手が身を躱《かわ》さぬ限り相討ち――そして、どちらも身を躱す暇などなかった。

二人の射手の中間地点で杭が砕けとび、同時に杭打ち銃を握った射手がのけぞった。その眉《み》間《けん》には黒点が穿《うが》たれていた。

グレイランサーの伴は、肩から提げていた恐ろしく旧式の小銃でもって、秒速五百メートルで飛翔する白木の杭を射ち砕き、腰から抜いたこれも燧発《フリント・ロック》式の拳銃で、彼女の眉間を射ち抜いたのであった。

もうひとりの女が杭打ち銃を向けた。伴は床に身を投げ出して躱すや、二転三転しつつ拳銃を向けた。銃身が四本ある、俗に〝胡椒入れ《ペッパー・ボックス》〟と呼ばれる旧式銃であった。これは燧発式より一歩進んだ〝雷管式《パーカッション》〟発火機構を持つ。

ぶわ、と火線が走った。だが、杭打ち銃の射手も大きく移動していた。十メートルは外れるに違いない。

斬りかかって来た四本の刃を躱そうともせず、グレイランサーは長槍のひとふりで二人の首をとばした。

三人目が跳躍して頭上から。四人目が虫のごとく床に伏せて這《は》い寄る。どちらも槍が去ったと見たからだ。

まさか、戻って来るとは。

慣性の法則に従って、目標地点に達しても流れるはずの槍は、その位置から放たれたかのように撥ね返って、頭上の〝半人〟を串刺しにし、一分も無駄な動きを見せず、滑り寄る四人目の太鼓腹《たいこばら》を床ごと刺し貫いた。

虫のような姿にふさわしい苦鳴を放ちつつ暴れる男へ、愉《たの》しげな眼差しを送りつつ、

「〝銃師〟ギャラガー」

と彼は呼んだ。

「片付けましてございます」

片膝をついて、拳銃と長銃《ライフル》に火薬と弾丸を装塡し終えてから頭《こうべ》を垂れた顔は、数日前、北への街道の外れで十キロ彼方のマイエルリンクを狙い、グレイランサーに捕獲された、正しく〝銃師〟のものであった。

「しかし、御前《ごぜん》。こ奴ら〝半人〟にあらず――」

それは、串刺しにした男以外の連中が、青白い燐光《りんこう》を放つ粘体と化していることでわかる。死滅したOSBが本性を表わしたのだ。

「ここへ来るまで、私はOSBといわず誰にも尾行などされていなかった。つまりここで私を待っていたということになる」

グレイランサーは槍を捻《ひね》った。

太鼓腹の男――に化けたOSB――が声もなく身をよじる。

「答えよ。私がここに来ると誰に聞いた。また、私を狙う理由は？」

返事はない。槍はもうひと捻りされた。

「……知ら……ねえ」

ついに男は吐いた。

「おらあ……ここで……あんたを……待ち伏せしろと……上の者《もん》に言われた……だけだ」

口調は農民そのものだ。ＯＳＢは取り憑《つ》き吸収した存在の記憶を利用する。

「上の者とは誰だ？」

沈黙。

そして、絶叫。

「……ラファ……何も……ズンズン……知ら……シガ……リ……」

苦痛のあまり、人間の記憶も失われたか、男の言葉は外宇宙のそれに変わりつつ床を這った。

次の叫びも、もはや人間のものではなかった。

しかし、グレイランサーよ、おまえは真相究明のために槍を動かしつづけるのか。貫かれた男の崩壊を見つめる顔は恍惚《こうこつ》と煙り、死の苦悶を愉しんでいるかのようだ。

「そこまでにしてもらおう」

グレイランサーは愕然《がくぜん》とふり向いた。彼は声の主の接近に気がつかなかったのだ。ギャラガーも同じだったらしく、片膝立ちで男に長銃を向けた姿は、激しく動揺していた。

グレイランサーが静かに訊いた。

「何をしに参られた、議長コルネリウス？」

そこに立つ白い長衣と闇色のガウン姿は正しくその名の人物だ。だが、元老たちは今回の討伐戦には加わっていない。それが彼への疑いを決定的にした。

「あなたが黒幕ですかな？」

「残念ながら、それは他におる」

老人はガウンの紐をほどきながら答えた。

「わしの役目は、貴公に死の鉄槌《てっつい》を加えること」

「ＯＳＢまで操るとは、私の思慮の外でしたぞ。彼らとの結節点は何なのか、それを伺いたい」

「我らはいずれ敗北する」

議長コルネリウスは無表情に告げた。

「これは異なことを。確かに科学力では一日の長が彼奴《きやつ》らにございます。しかし、遙かに根源的で決定的な差が彼我《ひが》には存する。我らは不老不死の身でございますぞ」

「心臓に楔《くさび》を打ち込まれぬ限りはな」

と議長コルネリウスは言った。声は呪詛《じゅそ》のように、礼拝堂を巡った。

「だが、それよりも、貴公の口にした根源的で決定的な敗北要因が我らにはある。すなわち、この数百年の間に〈枢密院〉の〈絶対脳〉が指摘し続けて来た――貴族の種的衰退じゃ」

グレイランサーの脳裡《のうり》に、何かの音が木魂《こだま》していた。

それははっきりとは指摘できぬ、しかし、確実な崩壊の音に似ていた。

「そして、OSBと戦端を開いた二日目に、〈絶対脳〉は我らの敗北を予言したのだ。すなわち三千年後の敗因はそれだ、と。グレイランサー卿、これは〝御神祖〟の言葉であるぞ」

かつて、グレイランサーも知らぬ貴族文明の黎明《れいめい》の頃、〝神祖〟は、貴族のリーダーたるべき者たちに、彼自身の身替わりとして、ひとつの巨大なコンピューター・システムを遺《のこ》して去った。いま、〈枢密院〉の奥に設置されたそれは、〈絶対脳〉として〝神祖〟の言葉を全貴族たちに下賜《かし》し続けている。

グレイランサーは果てしない灰色の広がりを眼前に見た。ひたすら空虚な、生きとし生ける者すべての意志を呑み込んでしまう混沌《こんとん》を。否、不死者の意志さえも。

「〝御神祖〟の下したもうた結論を覆すことはできぬ。我々はただちに水面下でOSBとコンタクトを取り、交渉を進めた。彼らは、星々への侵寇《しんこう》を神の意志だと告げて来た。それは彼らの神を理解せぬ無知なる野性に、文明の光をさし恵むための戦いなのである、と。

それ故に、彼らは我らの休戦提案に同意しなかった。戦いが続いたのはそのためだ。だが、五日前、彼らのうちの重要な地位を占める一派が、極秘裏に交渉に応じる用意があると言って来た。そして、その日のうちに、暫定的な休戦条約の内容が決定された。それによれば、この星はOSBの支配下に入る」

「莫迦《ばか》な」

低いが地鳴りのような呻《うめ》きが、礼拝堂の四隅へ広がっていった。それはグレイランサーの唇から洩れたひと言であったが、決してそのような効果を有するものでなかった。

「そのとおりだ。貴公がそう口走ろうとも、〈絶対脳〉は予言しておった。同じ言葉をもうひとりが吐くともな――それがマイエルリンクだ」

「………」

「もっとも、彼奴はＯＳＢとの交渉を知らなかった。〈辺境区〉の自治を〈枢密院〉の管理下に移すという噂《うわさ》と潜入者殲滅の話だけを聞いて、乗り込んで来たのだ。だが、真相を話せば、彼奴も貴公と同じことを言い、同じことをしただろう。その意味で、〈枢政省〉の決定として討伐し得たのは僥倖《ぎょうこう》であった。そして、グレイランサー卿、いまおまえも後を追う」

言い終えた首が高々と宙に舞った。それを求めて床を蹴った胴を、方角を転じたグレイランサーの長槍が斜めに刺し貫いた。

3

地上二十メートルにものびた槍の先で、議長コルネリウスは受け止めた首を胴につけて微笑した。

「無駄じゃよ、グレイランサー卿。この身体は質量を持った幻覚じゃ。だから栄養水に浸かってもおらん。いかにおまえの槍でもどうにもできぬわ。対してこれは――」

彼は長衣のポケットに右手を入れて、小さなガラス瓶《びん》を取り出した。

銃声が轟《とどろ》き、右の手首が瓶ごと吹っとんで彼方の床に落ちた。

「大した小者を使っておる。だが、やはり人間の浅知恵。あの瓶のガラスは本物だったことに気づかなかったようじゃな。ほれ、この心地よい匂いを嗅《か》ぎつつ、黄泉《よみ》へと行くがよい」

声は弧《こ》を描いて床に落ちた。グレイランサーが槍ごと倒れたのである。何とも甘美な匂いが濃密な蜜《みつ》のごとく、広大な空間を満たしつつあった。それは、グレイランサーのみならず、いま老議長の右手を射ちとばした〝半人〟――ギャラガーさえも床の上に倒していたのである。

瓶に封印されていたものは、ある液体であった。それが空気と触れ合った刹那、貴族すべてのDNAを昏迷《こんめい》に陥れる甘美な魔香を放ちはじめたのだ。

「では――と」

横倒しになった位置から上体のみ起こして、槍穂から自らを抜き取り、議長コルネリウスはグレイランサーのもとへやって来た。彼は幻であった。

そして、長衣のポケットから一本の白木の杭とハンマーを取り出した。彼は質量を有する――触れ合うことが可能な幻でもあった。

杭の先をグレイランサーの心臓に当て、老人はハンマーをふりかぶった。

いかにグレイランサーといえど、無防備な状態で心臓に楔を打ち込まれれば、待つのは死のみだ。

彼を知る誰もが言うだろう。まさかこんな風に滅びるとは。

誰よりもグレイランサー自身がそう思っていたに違いない。彼は意識があった。身体が動かない。偽りの月光が万物を照らす世界で、ひとりの大貴族は確実な死を迎えつつあった。

渾身《こんしん》の力をこめてふり下ろそうとしたハンマーを、議長コルネリウスは空中で止めた。

老人とは思えぬ身のこなしで彼は床を蹴り、五メートルも離れた位置で深く膝を折って、あるものを見つめた。

青銅の台座と、その上の石の柩を。

柩の蓋は、ゆっくりと後方へ滑《スライドし》りつつあった。

そこにはマイエルリンクの灰が収められているはずだ。

だが、灰は柩の縁にかける手を持ってはいない。

ゆっくりと起き上がる上半身を持ってはいない。

床に下り立って、陰鬱な灰色の眼で老貴族を見つめたりもしない。

「マイエルリンク？」

と老貴族が叫んだのは、それほど驚いたらしい。

「残念ながら」

と男は応じた。

「手前は〝剣師《ソーズマン》〟シザム。いまはマイエルリンクさまの臣下となっている。お目にかかれて光栄だ、議長コルネリウス」

「人間の分際で無礼者。下がりおろう」

「そうはいかん。その御方を守れと、生前マイエルリンクさまより申しつかっておる」

前へ出ると、背中の剣ががちゃりと鳴った。交差した剣は二ふりあった。

シザムは言った。

「この響きでは大した剣士ではなさそうだ。首だけ置いていくがいい」

「シザムと言ったな。幻の首を落として何とする」

「〝ストレーダ〟」

とシザムは低く言った。議長コルネリウスの表情が変わった。

「貴様、まさか——」

呻いた身体が大きく飛びずさった。ふたすじ目の光が、老貴族が空中で投じた楔を打ち落とした。それは左手の剣であった。

着地した議長コルネリウスが不意にのけぞった。その首のみが。

それが床に落ちる響きを聞きつつ、シザムは三すじ目の光を老貴族の心臓へ打ち込んだ。最初の一閃で議長コルネリウスの首を落とした剣であった。それは右手に握られていた。

首と胴とが、水に投じられた絵具のように風に流れて消えるのを確かめ、シザムはグレイランサーのもとへ駆け寄った。

「ご無事で？」

「何とか……な。案じるな。魔香の効果はもう切れておる」

「それは重畳《ちょうじょう》で」

「議長コルネリウスはどうした？」

「滅びたはずでございます」

「彼奴は幻だぞ」

「手前の技は〝ストレーダ〟と申します」

「対貴族用の剣技と聞いておる。幻をも斃《たお》すか？」

「左様。幻を斬った刹那、何処にいようとも本体も息絶えたはずでございます」

ひそやかな、しかし、絶大な自負をこめて答えた瞬間、〝剣師〟シザムの全身を氷の刃が貫いた。

グレイランサーは横たわったまま、彼を見つめていた。

「御前」

「私と立ち合ってみるか？」

「御前」

いつもなら、このような状況でも、いや、どのような状況でも挑戦に応じる。それが〝剣師〟の鉄の掟だ。

「お受けいたしましょう」

と答えたのは、数秒後のことであった。

「無駄だ。おまえは気迫で負けておる。しかし、マイエルリンクめ。何故、おまえを柩に入れよった？　まさか意趣返しのつもりではあるまい」

「自分にはわかりかねます。マイエルリンクさまは、必ずここにグレイランサー殿が見える。その折り、不都合が生じたら、おまえが力添えをせよと仰られただけでございます」

「ふむ、不都合か。おまえは何を知っていた、マイエルリンク？」

巨体が発条《ばね》仕掛けみたいに跳ね上がった。彼は軽々と立った。

倒れたままの〝銃師〟ギャラガーへ近づき、

「後から参れ」

と言い捨てて、大貴族は戸口へと向かった。

ようやく魔香の効果が薄れたか、虫のように身じろぎしはじめた〝銃師〟へと、溜息をひとつついて、〝剣師〟シザムは重い足取りで歩き出した。

軍の後始末はユヌス以下の副将たちにまかせ、グレイランサーは戻って来たギャラガーを伴い、急遽〈都〉へと戻った。

すでに東の空には水のような光が広がっている。これから貴族の夜がはじまるのだ。

真っすぐ自宅へ向かった。

ブラインドもシャッターも下りているのに、邸内を支配しているのはうす闇だ。光がある。これも、貴族の奇妙な習性のひとつだった。柩はともかく、それを取り巻く世界には完全な闇を求めぬのである。

マイエルリンクのように、月と星を配した偽りの夜を作り出す者たちも多い。

「ラリア」

居間へ入るなり絶叫した。

三つの影が現われた。陽光が満ちている間、住人を守るガードロイドである。

「どうなさいました？」

人間の姿をした執事長の問いに、物も言わず長槍をふった。

当人のみならず、三体まとめて吹っとんだ。青い電磁波を放ってすぐ動かなくなる。

「ガラクタどもが。邪魔をいたすな」

グレイランサーは大階段の方へ向かった。その頭上から、

「戦士は怜悧《れいり》たれと誰からも教わらなかった？」

優美な湾曲《カーブ》が頭上五十メートルにも達する大階段のいただきに、青緑が鮮やかなガウンをまとった妹が立っていた。

「おまえも使っているのか？」

〝時だましの香〟のことである。考案者はラリアだ。

「親しき仲にも礼儀あり。自分の家でもお静かに、よ、兄上」

「訊きたいことがある」

　グレイランサーは床を蹴った。百キロを越す巨体が、軽々と宙に舞う姿は、美しくさえあった。

　着地すると、ラリアの姿はすでに階段を下りている。飛翔ではなく、階段を一段ずつ踏み下り、しかも流れるように美しい。

「兄を愚弄《ぐろう》するか」

　グレイランサーはもう一度、宙に舞った。

　居間の中央で、兄と妹は宿敵同士のように向かい合った。

「マイエルリンクの城の地下で、塵《ちり》に還されるところだった。そのとき嗅いだ匂い――〝時だましの香〟と似ていた」

　ラリアの表情はもう変わっている。

「まさか……兄上、間違いないでしょうね？」

「その問いが間違いだ。おまえに求めているのは、簡単な答えだ。ラリアよ、〝時だましの香〟を他に誰に渡した？」

この兄にしてこの妹ありか、ラリアはすでにいつもの怜悧さを取り戻して言った。

「――ヴァロッサが香炉に手を加えたいと申し出たの」

第十章　火車流転

1

グレイランサーを見ても、奇怪な工芸師は慌てた風もなく作業を続けた。仕事に熱が入ると雇い主の顔形や名前だけでなく、人格までも忘却してしまうのだ。

彼はいま、巨大な熔鉱炉《ようこうろ》から煮えたぎる熔鉄を鉄の柄杓《ひしゃく》ですくい上げているところだった。

「駄目だ」

と言って中身を戻し、またすくい上げて、

「よし」

とかたわらの樋《とい》へ流し込む。樋の先は十メートルばかり下の小タンクへつながっていた。

「よろしい」

こう言ってヴァロッサはかけていた耐熱ゴーグルを外し、狭苦しい階段を下りた。

石綿の胸当ても手袋も、数条の煙を噴き上げている。

手袋を外したとき、ようやく彼は一メートルと離れていないところに立つ雇い主に気づいた。

「これは――いつお帰りで」

「いまだ。急用ができてな」

「それはそれは」

他人事《ひとごと》のように言ってから、

「ひょっとして、私に？」

「だから来た。〝時だましの香〟を知っておるな」

「無論です。ラリアさまのアイディアは天才としか言いようがありません。ま、あれ《あい》のみですが」

「そのあれ《あい》の製法がおまえの手もとにあったのは、半年前のある日から五日間だ。その間にあれ《い》を誰かに渡さなかったか？」

グレイランサーの言葉を呑み込むまで、ヴァロッサは二度、まばたきをした。

「私が？」

「そうだ」

「誰かに？」

「そうだ」

「ラリアさまの作品を？」

「そうだ」

「誓って、誰にも」

「〝御神祖〟に誓えるか？」

「〝御神祖〟に誓って。いや、待てよ」

わざとらしく頭上を仰いだ。

それを凝視《ぎょうし》していたグレイランサーは、

「よかろう。では、半年前にあれをおまえのもとから持ち出せる可能性があった者はいるか？」

空気は赤く染まっている。

「ヴァロッサ？」

グレイランサーが促した。

「申し上げられませんなあ」

「ふむ。その返事の報いはわかっておるだろうな？」

「御前《ごぜん》――お暇《いとま》をいただきとうございます。給料もビタ一文お間違えなきよう。五千年の間に二度ほどミスがありました。ま、私という男の器量で事無きを得ましたが」

「わかった。好きなところへ行くがよい。私の用が済んでからな」

グレイランサーが前へ出ると同時に、ヴァロッサは右手を上衣のポケットへ入れるや、摑み出したものを床へ撒《ま》いた。

もとの形がどんなだったかはわからない。

忽然《こつぜん》と二人の間を縦横五メートルもある煉瓦《れんが》の壁が遮ったのである。

「鉄の圧縮壁なら莫迦《ばか》でも作れます。しかし、煉瓦はようやく、でございました」

その眼前で、壁は木っ端《こっぱ》微塵《みじん》に吹きとんだ。

「やはり煉瓦では役に立ちませぬか」

「遊びが過ぎるぞ、ヴァロッサ」

グレイランサーは突き出した槍を引いた。

その足下に、もうひとつ転がった。

今度は石の壁ができた。ただし、中央が開いて、石畳の通路がある。

「とっととお入り下さい」

とヴァロッサの声が奥から聞こえた。

こんなもの、グレイランサーの長槍の一撃で消しとんでしまうだろう。

それなのに、大戦士は長槍を下ろしたまま動かなくなった。

明らかにヴァロッサは、新作品の実験にグレイランサーを利用していた。そうと知りつつ激怒に身を灼かないのは、子飼いの工芸師がこの状況に心底燃えている、賭けているというのが理解できるからであった。

た。

「御前――お入り下さい」

口調は懇願《こんがん》ではなく命令であった。

グレイランサーの眼が血光を放った。双眸《そうぼう》から炎の糸を引きつつ、彼は通路へ入った。

十メートルほど向うにヴァロッサが立っている。グレイランサーの足なら十歩の距離であった。

あと一歩というところで、石壁が立ちはだかった。いや、グレイランサーが曲がったのである。ところが、彼はあくまでも直進の感覚しかないのだ。そして前方十メートルにヴァロッサは相変わらず立ち尽している。

「迷路か」

グレイランサーは見破った。こんな仕掛けをひとつ玄関に置いておけば、侵入者は永遠の堂々巡りを繰り返すばかりだろう。

だが、いまは感心している場合ではなかった。

左右の石壁へ、彼は長槍を叩きつけた。

一撃で壁は崩れ去り、彼は瓦礫《がれき》を踏み越えてヴァロッサの前に立った。

「いい出来だが、もう少し趣味性を捨てよ。あとは頑丈にするだけでいい」

「世にも詰まらぬご意見、恐悦至極に存じます」

と垂れた頭《こうべ》を上げた眼の前に、銀色の穂先が突きつけられた。

ヴァロッサは震え上がった。

「どうしても申し上げられません。お刺し下さいませ」

「いい覚悟だ」

穂先は、工芸師の喉《のど》の向うまで抜けた。


本邸へ戻ると、ラリアが待っていた。

「何をしている？　早々に休め」

「何だか気になるの。不吉なことが起こりそうよ。外は曇りでなくって？」

「私が来たときは、そうだった」

空模様と妹の予感との関係は、いまだにわからない。

襟もとの通信器が震え、空中に〝銃師〟ギャラガーの姿が浮かんだ。〈枢政省〉を見張らせておいたのである。

「たったいま、アンドロ・ソルジャーが約二千、そちらへ向かいました」

「みな、記憶したか？」

「確かに」

「待機せよ」

こう告げて、グレイランサーは左手のひとふりで空中に家の周囲の光景を映し出した。

黎明《れいめい》の下りた空に黒い点が出現するや、見る見る黒い飛行体に変わって、グレイランサー邸の周囲に着陸する。磁力推進だから安定翼などは必要ない。

「凄い装備よ。戦術核ミサイル一本槍。さすが兄上のご威光ね」

皮肉でも何でもなく、ラリアはうっとりと口にした。

貴族の逮捕には、その土地や家屋の没収がつきものだ。財産も同じだから、金銀や宝石、美術品の他、武器弾薬、発明品等も〈枢政省〉の蔵に納められる。

それが、グレイランサーに限っては丸ごと焼却するつもりだ。黙って投降するような男ではないと、〈枢政省〉も知り尽しているのであった。

配置が終わると、

「グレイランサー卿、こちらは〈検察局〉の警備戦闘部隊AS25、あなたには〈枢密院〉議長死滅の容疑がかかっております。ご同行下さい」

「断ったらどうする？」

「申し訳ありませんが、我々は特別処置を許されております。核ミサイルを射ち込まねばなりません」

「好きにするがいい。無論、お返しはさせてもらうぞ」

「これから十秒間の猶予《ゆうよ》を与えます。その間に投降なさらない場合は、強制処置を取らせていただきます」

「好きにせい」

答えと同時に、邸内にアンドロ・ソルジャーの声が響き渡った。

「十……九……八……」

「さて、どうする、ラリア？」

「どうしたものでしょうね、兄上？」

久しぶりに兄妹は、不敵な笑みを見交わした。

グレイランサーの敷地が数千万度の炎に包まれたのは、きっかり十秒後であった。

敷地と寸分違わぬ形に重力バリヤーが巡らされたため、炎は敷地内に留まり、外部には一切影響を及ぼさなかった。

〈枢政省〉も〈枢密院《シンバ》〉も、枢《ひつぎ》の中で眼醒めていられる者たちは満足し、省内や〈都〉に溢《あふ》れるグレイランサーの支持者たちをどう説得しようかと考えた。


「気の毒な気がしないでもないな」

空中に浮かぶすり鉢状の大穴と、焼け爛《ただ》れた周囲の惨景を眺めつつ、〈東部辺境区〉管理官〝ゼウス〟マキューラは、グラスの中身を一気に空けた。今日、忍び込んだ農家の娘から抜いて来た新鮮この上ない血であった。ここは〈南部辺境区〉の首府サラザにあるミルカーラの私邸であった。

「もう少し真実を知らせてから葬ってやりたかったが、ま、仕方がない。あのままの状態で異次元へ放散すれば、二度とこっちへは戻れない。いや、もとの姿に復元することもできんな」

「彼は戦士であると同時に、検察官でもありすぎたわ」

月のみ白い闇の奥から、音楽のように美しい声がした。ただし、この調べは葬送の曲だ。

巨大なテーブルの向うで、これも黄金を貼りつけた血のグラスを手にしているのは、まぎれもなく白い幽鬼のごときミルカーラ公爵夫人ではないか。風がその髪と、足下の草を揺らした。

二人は幻の草原に宴《うたげ》を張っているのだった。

「いずれ、私たちが想像するよりずっと早く真相に到達したでしょう。そろそろ退場の時期だったのよ」

「全くだ」

〝ゼウス〟マキューラは、大きな欠伸《あくび》をひとつした。彼もミルカーラも、数分前に柩から出たばかりであった。グレイランサーの消滅から十時間が過ぎている。

「議長コルネリウスは残念だったが、〈枢密院〉からは、次のOSBとの会議の日程が入っている。〈辺境〉全体を我らに与えてもらうよう、条件を整えなければならんな」

「もらうなどと、ふやけた心映《こころば》えはお捨てなされ」

ミルカーラは不気味に光る眼で、相棒を見つめた。

「この星をOSBにくれてやるのもわずかな間。千年二千年の後に、奴らの力が衰亡の極に達したとき、改めて我らがこの星の真の覇者《はしゃ》になればよい。そのためには、無益な戦で荒廃させるなど愚の骨頂。〈枢密院〉がよく同意してくれましたこと」

「あの爺いどもにとって、おまえは万年の想い人であった。ミルカーラ公爵夫人に耳もとで願いごとをささやかれ、その白い肌をさらされて、無視できる男がいるものか。まして、その願いごとが自分たちの得になると知った以上」

「どうしても異を唱えたご老体は、次元の彼方へ行方知れず。でも、彼らもまたOSBとともに」

ミルカーラは泳ぐように〝ゼウス〟のかたわらに移動して、ごつい頬を両手ではさんだ。とろけたような表情でそれを迎え、数センチの位置で息づく朱色の唇へ吸いつきたくなる欲望を、超人的な努力で抑えて、

「千年、二千年――一万年といえど、我らには長い時に非ず、だ」

唇を重ねようとした刹那、公爵夫人は水に押された妖魚のように、彼の前から遠ざかっていた。

〝ゼウス〟が立ち上がってその後を追ったが、妖しく光る女体は、うす闇の草原を熟練の踊り子《ダンサー》のごとく滑り抜け、のばした男の指が肌に触れたのは、数分後のことであった。

二人の貴族は青草の上に折り重なり、どちらも熱い声を上げげた。

白い月光の下に、恍惚《こうこつ》たる女の喘《あえ》ぎが、

「ああ、〝ゼウス〟。あなたの歯が喉を」

「おお、流れ込んで来るぞ、おまえの血が。何故だ。人間の血は熱いのに、何故我らの血はその肌のごとく冷たい？」

その声が今度は喘ぎに化けた。

「やはり、あなたの血も氷の水のよう。ああ、口から溢れてこのミルカーラの胸に放っておけば、貴族の褥《しとね》の情景が果てしなく繰り広げられたであろう。

それを、鋭い唸りと肉を貫く音が止めた。

絶叫はわずかに遅れた。

二人は身悶《みもだ》えし、互いに身を引き離そうとした。しかし、効果はなかった。二つの身体は、一本の長槍に幻の地面ごと串刺しにされていたのである。

巨大な人影が前へ廻って来たとき、〝ゼウス〟マキューラは叫んだ。

「――き、〈貴族〉グレイランサー⁉」

2

〝ゼウス〟もミルカーラも網膜まで赤く染まり抜いた眼で、そこに立つ巨人を見つめた。

吹きつける迫力、妖気――まぎれもなく大戦士のものだ。だが、あり得ない。その証拠をいま彼らは３Ｄで見たばかりではないか。

「愉《たの》しい時間は短いものと覚えておけ」

その声――おお、グレイランサーは生きていた。

となれば、疑問は次々に浮かぶ。

まずは何故ここへ？

グレイランサーは左手を上げた。

空中にあの映像が――グレイランサー邸の廃墟が現われた。

彼はその画面の上端に手をかけ、引き下ろした。下から別の画面が現われた。廃墟と寸分違わぬ位置に、豪華荘重たるグレイランサーの邸宅が。

「いまある姿だ。だが、誰の眼にも、監視衛星のレンズにも、映るのは前の廃墟の図だ」

「……警備隊は……ミサイルを射ち込まなかったのか？」

〝ゼウス〟が呻《うめ》いた。苦悶の中に好奇の響きがあった。

「いや、射った。別の場所――無人の土地へな。彼らは場所を間違えた。そして、それに気がつかなかったのだ」

「…………」

「私の家はこれまでと同じ場所に変わらず建っている。誰にも廃墟と見える姿でだ。この一件が片付き、〈枢政省〉の変節漢どもが灰となるまでは」

「——どうしてここへ？　どうして私の屋敷に入れたのですか、グレイランサー卿？」

〝ゼウス〟の下で、血まみれのミルカーラが訊いた。青白い美貌に死の痙攣《けいれん》が走った。

「おまえが怪しいと思ったのは、マイエルリンク邸の地下で金縛りになったときだ。私があのときあそこへ行くと知っていたのは、マイエルリンク家の者たちを除けば、事前に伝えたおまえしかいなかった。もうひとつ、私の自由を奪った香りは、おまえが香水で消そうとしていた体臭によく似ていた。ある女に聞いたら、あの由緒正しきフォン・ハルプトマン家のＤＮＡから、私が重宝しているある香も作られているらしい、ミルカーラ・フォン・ハルプトマンよ」

「………」

「この館へ入れたのも、警備隊の愚か者どもが、目標を間違えたのと同じ理屈よ。ただ、今宵《こよい》私は正しい道を来たが、おまえの執事どもにも監視メカニズムにも見えなかっただけだ。彼らは、違う道をこの部屋への道と勘違いしていたのよ」

　グレイランサーは凄まじい笑顔になった。

「我が家には、根性曲がりだが腕のいい物づくりがおってな。そこでだ、おまえたちを安らかに灰とする条件として、あの痺れ香のもとになった我が薬——あれをおまえたちに渡した人間の名を聞かせてもらおうか」

「いいだろう」

〝ゼウス〟が、引きつるような声を上げた。

「教えてやろう。その代わり、安らかな滅びなど不要だ。おまえと戦わせてもらおう」

これは状況を考えれば口に出せるはずのない、虫の良すぎる言いがかりであった。グレイランサーにしても受ける必要のない、呆れ果てた言い草であった。

だが、この大戦士は、

「承知」

言うなり、あっさりと長槍を引き抜いてしまった。ここが戦う者の戦う者たる所以《ゆえん》か、宿命か。

「手を出すな」

と胸まで血まみれのミルカーラに告げて、〝ゼウス〟マキューラは右手を首の後ろに上げた。

それは身体に巻きつけておいたものだろう。

床に火花を散らし、凄絶な打撃音の中をうねくったのは、長い長い蛇のごとき黒い鞭《むち》であった。

もうひとふりした。鞭は二本になった。

それが三本になったとき、グレイランサーは猛然と長槍で突いた。

誘いではない。渾身《こんしん》——必殺の一撃だ。それは〝ゼウス〟の身体に届く前に、鞭の一本に巻き止められた。彼はなおも突いた。鞭は飛び散り、確かに伝わる手応えと苦鳴とともに、〝ゼウス〟マキューラは後方に跳ねとんだ。

「捻《ひね》って来たか」

着地点で彼は呻いた。右手の鞭は一本を失い――そして五本に増えていた。

「それだけでおれを刺せるとは、やはり恐るべき男よ。だが、これならどうだ？」

一本がのびた。

槍穂のようなそれを、グレイランサーは長槍で弾いた。鋼《はがね》の手応え――まさに槍だ。

「力ではおまえに劣るが、それはこう使える」

弾かれた鞭は次の瞬間、反転してグレイランサーを襲った。しなやかなる長槍――それがどんなに恐るべき武器かは、ふたたび弾いた大貴族の槍に蛇のごとく巻きついて、その心臓に狙いをつけたことでわかる。

返しても撥《は》ね戻り、襲いかかる鞭、いや、蛇。これをどう打ち果たす？

「行け！」

五匹の鞭蛇が走った。その前に銀色の光が横一文字に流れた。

五本の鞭は反射的にグレイランサーの槍に巻きつき、なおも疾駆《しっく》しようとした。

〝ゼウス〟は眼を剝《む》いた。

鞭はぴくりとも動かなかった。

「私の槍に巻きついたか。ならば、もはや離れん。槍がその気になるまでな」

鋼のごとき五鞭《べん》を粘着させたまま、グレイランサーは長槍を頭上に上げるや、大きく回転させた。ただ一度。それだけで五本の鞭はねじれ、もつれて、あっという間に弾けとんでしまった。

「おのれ」

跳びのく〝ゼウス〟の胸をグレイランサーの長槍が貫いた。

いや、その寸前、白い手の平が、死の槍穂をはさみ止めた。

「その技は？」

眉根を寄せるグレイランサーの前で、白い公爵夫人は寂しげに微笑した。

「邪魔をするな、ミルカーラ」

〝ゼウス〟が怒号を放つ。これは男と男の戦いなのだ。

「お許し下さい、あなた」

とミルカーラは言った。声は低く、緊張を孕《はら》んでいた。

見よ、彼女はその場を一歩も動けぬ。渾身の力をふりしぼって槍穂を受け止め、しかし、槍穂の先端は、じりじりとその手の平から彼女の胸へと前進しているのだ。

「――いまのうちに早く」

逃げろということか。〝ゼウス〟は怒号した。

「この戦いはおれのものだ。女は退《の》けい」

「いいえ、退きませぬ。愛しい方」

グレイランサーが、ほお、とつぶやいた。氷で出来ているような女貴族の言葉に、その血からは出るはずもない恋情を聴き取ったのである。この女は、愛する男の盾になるつもりなのだ。

「グレイランサー卿があなたに与えた胸の傷からは、まだ血が流れています。その傷は手当をせぬ限り癒《いや》せませぬ。早く、お逃げ下さい。グレイランサー卿は、私がここで食い止めます」

痛切な言葉の意味するところはグレイランサーにもわかった。

槍穂がミルカーラを傷つければ、鮮血が迸《ほとばし》る。その放つ香りは、強烈な麻痺現象を引き起こすだろう。

「女の力を借りて逃げるか？」

怒りをこめたグレイランサーの言葉に、〝ゼウス〟のプライドは激烈な反応を示した。

彼はミルカーラの肩に手をかけた。

「退け！」

「いけませぬ！」

グレイランサーは、〝ゼウス〟がミルカーラを押しのけると思った。それから先のことは彼にもわからなかった。

だが、ミルカーラは想像を絶する方法を取った。

両手を離すや、自ら前へ出たのである。

グレイランサーが槍を引いたのは、その穂がミルカーラの心臓まで貫いた後であった。意外な結末に彼は立ちすくんだ。その顔の左半面に真紅の珠《たま》が飛び散った。ミルカーラの傷口から迸った血であった。

左手で押さえた。その指の間から黒煙が立ち昇り、地獄の痛覚に彼は身を震わせた。

「その爛れは、あなたといえど永劫《えいごう》に消えぬ。おお、しかしグレイランサー卿……それを与えた私の血は、必ずやあなたに新たな力をもたらすはず……グレイランサー……この方を助けて……私の魂は……永遠に感謝しま……す」

白いドレスは塵《ちり》にまみれた。

なおも全身を痙攣させつつ、グレイランサーの槍は〝ゼウス〟の胸から必殺の数センチを保っている。

「わしを刺せ」

と〝ゼウス〟が呻いた。

「女に救われたとあっては、マキューラ家末代までの恥だ。グレイランサー、わしを討て」

巨人は動かない。ひとりの女貴族の死に何を感じたか、或いは感じもしなかったのか。彼は月光の下で風に吹かれている。押さえた手の指から洩れる煙が、糸のように地の果てまでも流れていく。

〝ゼウス〟が両手で槍穂を摑んだ。それを支えに立ち上がり、切尖《きっさき》を胸に当てるや、彼はミルカーラのごとく自らそれに突進した。

血まみれの槍穂が背中から抜けた。

「似た者夫婦とか」

とグレイランサーがつぶやいた。月明りを風がかすめる草原のただ中に、彼はひとりきりであった。


その数時間後、〈西部辺境区〉の片隅に建つとある農家から雑貨屋までの買物を言いつけられた下女が、急な坂道を下っていった。

下り切ったところに、無人の農家があった。まだ生き生きとした佇《たたず》まいを、月光が静かに照らしている。

その門の前に、ケープをまとった長身の影が立っているのを見て、下女は胆《きも》をつぶした。常日頃、鈍いだののろまだの罵《ののし》られている彼女も総毛立つ妖気が、影から吹きつけて来たのである。

気死したように立ちすくむ下女を見もせず、その影は、

「女――この家の者はどうなった?」

と訊いた。

恐怖のあまり石の像と化したはずの女の口が、ぱっくりと開いた。答えなければどうなるか、

精神《こころ》の深い部分が教えたのである。

「へえ。三日ばかり前《めえ》に越しちまいました」

自分でも驚くほど滑《なめ》らかな返事であった。

「そうか。眼の見えぬ娘と、弓の巧みな男がいた。どうなったか知らぬか？」

「二人とも家を出て――その先ゃあわかりません。何でも、〈北〉の方へ行ったちゅう話ですが」

「〈北〉か」

影がつぶやいた。理由は知らず、下女は胸がかすかに痛むのを感じた。それはそんな言葉だった。

「礼を言う」

影の声と同時に、下女の足下に黄金のきらめきが幾つか投じられた。それは彼女が一生生活していけるだけの金貨であった。

「私と会ったこと誰にも言うな。もしそれを破ったら」

下女は激しく何度もうなずいた。一方的な約束を、相手も自分も必ず守るのはよくわかっていた。

影は無人の家の角を廻って歩み去った。車輪《わだち》の遠ざかる音が夜気を渡り、やがて消えた。

用事を済ませて戻って来た女を見て、下女仲間たちは口々にその青ざめた顔と、只ならぬ雰囲気の理由を尋ねた。

「まるで死人だよ」

「半貴族みてえだ」

物見高いばかりの声に下女は、

「何でもねえ」

と言い張って、粗末な夜具にもぐり込んだ。

身体は汗にまみれ、瘧《おこり》を患ったように震えが止まらなかった。

それなのに、胸の中はひどく穏やかだった。

少なくとも今夜、彼女は月光の下で、自分より孤独な人間と出会ったのであった。

3

それから二日後、〈都〉の北の外れに広がる草原へ忽然と出現したOSBの飛行体に、待ち構えていた貴族たちが乗り込んだとき、長槍片手の貴族と家臣団とがこれを襲い、OSB二十名以上を刺殺し、うち一名と貴族たちを捕獲した。

彼らはそのまま〈枢密院〉へと駆けつけ、長槍の主の名で急遽、査問委員会の開催を要求したのであった。

ただちに〈枢密院〉のメンバーが招集され、グレイランサーの訴訟を検討し、眼を剝いた。

それは、OSBとの密約の内容を暴露し、それに加担したとして、〈枢密院〉の現メンバー全員の罷免《ひめん》および死罪を要求するものであったからだ。本日行われる〈辺境区〉へのプラズマ攻撃の中止も、当然含まれていた。

審議室には彼らと准《じゅん》元老たちが十名出席した。今夜は裁きをするべき者たちが被告なのであった。

ただひとりの原告――左半顔を黒白のマスクで覆ったグレイランサーを前に、本来ならば裁判官を務めるべきメンバーたちは、舌鋒《ぜっぽう》鋭く詰問の山を築いた。

いわく、何の証拠がある？　気は確かか？　そもそも貴公の方こそ、議長コルネリウス謀殺の容疑で逮捕拘禁《こうきん》されるべき犯罪人《とが》ではないのか？

対して、グレイランサーは自らこう主張した。

証拠はある、証人もいる。自分は常に正気そのものだ。自分への嫌疑は、この一件の審議中にすべて解けるであろう。

そして、彼は家臣団の手で、人間の姿をしたOSB及び二名の元老を証人席に引き立てた。

残る元老たちの表情は一斉に青ざめた。

グレイランサーは、同席していた医師に、彼らが全員、薬物、妖術その他の手段による洗脳状態にないことを確認させた上で、元老たちの陰謀を告発した。

証人として出席した二人の元老よりも、偽証する必要のないOSBの証言が、グレイランサーの告発を裏付けた。

「――かくの如く、現〈枢密院〉メンバーによって、最も汚らわしい売国の陰謀が企てられていたことは明らかだ」

とグレイランサーは低いが、審議室のみならず〈枢密院〉全体を震撼《しんかん》させるような声で告げ、彼らへの処罰を要求した。

誰の眼にも、その訴えの正当たることは明らかと思われた。しかし、

「異議はありますかな？」

准元老のひとりにこう訊かれて、被告のひとり、副議長ピタカは驚くべき抗弁をなした。

「この件でのグレイランサー卿の訴えは、すべてでっち上げか、勘違いによる言いがかりに過ぎん。その二人も、まして我らが宿敵OSBの証言など、グレイランサーの脅迫による生命惜しさの出鱈目《でたらめ》に相違ない。我々にもそれを覆《くつがえ》し得る十分な証拠と証人があるが、それを用意するには数日を要する。このような愚かな訴訟に左様な時間をかけるのは、それこそ無駄というもの。しかしながら、このハリボテのような空しい案件も、表向きは我ら〈枢密院〉の存亡と名誉に関わる重大な訴訟という形を取っておる。故に、ここ四百数十年、絶えてなかった〈絶対脳〉による判断を仰ぐべきと、提案する」

准元老と法務官たちの間から、驚きの声が上がった。それは賛意をも含んでいた。

彼らはいったん奥の小部屋へと引っ込み、一分とかけずに出て来ると、グレイランサーに向かって、

「我々は、副議長ピタカの提案に賛成するものだ。グレイランサー卿はどうお考えか？」

「おまかせする」

それから十分とかからず、〈枢政省〉の何処かにあるとしかわからぬ〈絶対脳〉が、自ら審議室へと現われた。

巨大な赤い三角形を幾つも倒立させたような擬似〝神祖〟は、しかし、機械の身に、生身の存在のような不思議な生命力に満ちた雰囲気をまとわりつかせながら、

「双方の申し立てを聞こう」

と一同に宣言した。

それまでと同じような主張と証言がもう一度繰り返され、〈絶対脳〉は沈黙に落ちた。

そして、一分と経たぬうちに、

「原告の要求を退け、被告全員を無罪とする」

驚愕の叫びも異議ありの声も上がらなかった。たとえ代理であっても、〝神祖〟の言葉が絶対だとは、貴族たちの骨の髄まで染み込んでいることだ。

誰もが歴史に名を残せるとは限らない。だが、その数少ない例外たるグレイランサーは、またもそうなるべき行動を取った。

「理由をお聞かせ願いたい」

と冷静に言い放ったのである。

「そんな必要はない」

と副議長ピタカは叫び、

「その必要はない」

と〈絶対脳〉は言った。

「――しかし」

「くどいぞ、グレイランサー卿」

准元老のリーダーが鋭く言った。

「これは〝御神祖〟の下したもうた決定だ」

大貴族は、しかし、首肯《しゅこう》せず立ち上がった。

「もう一度、裁定を願いたい。これは貴族のみならず、人間とこの世界の運命に関する訴訟なのだ」

「同じことだ、グレイランサー卿」

と〈絶対脳〉は世界一公正な声で答えた。

「〈絶対脳〉に申し上げる」

副議長ピタカが、勝ち誇った声で呼びかけた。

「もうひとつ審議をお願いしたい。我らは〈辺境〉の経営を〈枢密院〉の手に委《ゆだ》ねたいのです」

「差し支えあるまい」

「副議長ピタカ」

グレイランサーが爆発寸前の声で呼んだ。

「あなたは、〈絶対脳〉に手を加えたな」

その首すじを一本の木の楔《くさび》が貫いた。〈絶対脳〉が放ったものであった。

「これは余に対する侮辱だぞ、グレイランサー卿」

と偉大なる影を持つ機械は言った。

「これにて審議は終了する。解散」

楔を引き抜いたグレイランサーが唇を噛んだ。このとき彼は、元老たちの抹殺を決意したのであった。

そのとき、声はもうひと言付け加えた。

「裁定は無効と見なす」

それは低く、しかし議場全体に朗々と響き渡った。全員が声の主を求めた。〈絶対脳〉には眼もくれなかった。

顔は全員別の方角を向いていた。天と地と。

人々は震えた。声がもたらした現象であった。

まさか。

一生の間に何度か放つこの言葉を、もう一度。

まさか。

「〈絶対脳〉への操作は確かにあった。副議長ピタカよ、余が残した操作書を見つけたか？」

何たる神韻《しんいん》縹《ひょう》渺《びょう》たる声か。これは宇宙の深奥からやって来た伝道の声に違いない。

「仰せのとおりで」

否定ひとつせず、元老は認めた。

それに対して怒りを表明する者もいない。全員が何も感じず、しかし、途方もない何かの存在を感じていた。

声は降るように続けた。

「副議長ピタカ、汝は私の意志に下劣なる利己の手を加えた。その故をもって、先刻の裁定は無効である。〈辺境区〉はこれまでどおり、管理官の自由裁量に委ねる。ＯＳＢとの戦いは、彼らがそれを自らの神の意志だと言い募《つの》る限り、それを正義と信じつづける限り、一歩も退いてはならぬ。以上、堅く申し置く」

　居並ぶ者たちは、声もなく頭を垂れた。

「後はまかせよう。今日の件は悔やまれるが、世界の動向に歪曲《わいきょく》はない。道は常にひとすじだ」

「〝御神祖〟」

　呼びかけたのは、グレイランサーであった。

「何処《いずこ》より参られた？　そして、何処へ参られる？」

　返事はない。

　来《きた》りしものが去りしことを、全員が知った。それは何処とも知れぬ場所と同時に彼らの胸中の虚無へと退《しりぞ》いたかのように、茫乎《ぼうこ》として立ち尽す貴族たちの表情は、大いなる者の姿を眼にした朴訥《ぼくとつ》な童児の感動を強く留めているのだった。


　もと元老たちの処刑は、その日のうちに行われた。後始末はすべて配下の祐筆にまかせ、グレイランサーは屋敷へと戻った。

　ラリアが迎えに出た。

　グレイランサーは居間へ入った。

　不意に全身が硬直した。愛用の長椅子の手前であった。

「ラリア」

猛烈な脱力感に骨まで苛《さいな》まれる大貴族の前で月光を浴びているのは、ガスマスクで鼻と口を覆った文官ブリューゲルであった。ラリアの夫だ。

「おいたわしや、義兄上《あにうえ》――まさかこの蚊トンボのごとき義弟が、〈貴族〉グレイランサー卿のお生命を頂戴いたすとは」

「……この莫迦げた手品も……ヴァロッサから盗んだか……」

グレイランサーは呻いた。目くらましと〝時だましの香〟――どちらもヴァロッサに行き着く。

「左様。時を置いて少しずつ。わからぬように人をやったつもりですが、ヴァロッサは気づいていたかも知れません」

「……彼は最後まで……おまえを庇《かば》って……いたぞ」

「あれはあれで忠臣ですからな。これからも、義兄殿を失って悲しむ私とラリアの力になってくれることでしょう」

「……おまえの後ろ盾は……みな滅びた……おまえにも……〈検察局〉の手が廻る」

「そのときは、ヴァロッサに頼んで私のダミーでも作ってもらいます。彼らは一生、私を滅ぼしたと思い込むでしょう」

「……まだ……ＯＳＢに……加担するつもりか？」

「当然です。この星を支配した際、管理の全権は私に委ねられる——彼らとの契約はいまなお生きています」

彼は腰の長剣を抜いた。それだけで腰がふらつく。文官とはこんなものだ。

恐る恐る近づき、グレイランサーの手が届かぬ位置で足を止めると、長剣をふりかぶった。

そのとき、グレイランサーが襟もとの飾りに何かつぶやいたが、勝利の美酒に酔ったブリューゲルは気にもしなかった。

「義兄上、文官たる私を常に見下していらした義兄上、私がＯＳＢと手を結んだのは、あなたのせいかも知れませんよ」

長剣はふり下ろされた。

その刃が描く軌跡は、しかし、グレイランサーとの中間で大きく乱れ、ガラス状の溶融地面にそれを投げ出すと、ブリューゲルは仰向けに倒れた。

そこへ駆けつけて来たのは、奇妙な人物であった。〝剣師〟シザムである。

「ギャラガーは〝時だましの香〟を嗅《か》げませせぬ」

と彼はグレイランサーに肩を貸しながら言った。

「おまえは？」

「ずっと、ギャラガーとおりました。ある御方に、あなたさまの臣下に加われと命じられて以来」

「なら、マイエルリンクの地下でそう言わなかったのは、何故だ？」

「苦しみもがく配下を捨てておいて、ひとり去るような御方に、お仕えする気にはなれませなんだ」

「ふむ、なのに、何故いまは？」

「主命は果たさねばなりませぬ。それにギャラガーから、御前は決して表向きのご行状から判断してはならぬ御方だと、繰り返し聞かされておりました」

「ご苦労なことだ」

グレイランサーは足下に横たわる義弟を見下ろした。蔑《さげす》みの色とは別に、奇妙な感情が——寂寥《せきりょう》の色があった。

「……義兄上……この場で……私を……」

脳漿《のうしょう》を撒き散らして倒れたブリューゲルが、瀕死の声をふりしぼった。瀕死だが、脳の中身を失ったくらいで、貴族は滅びはしない。

「ならぬ」

とグレイランサーは一喝した。

「貴族法の名の下に、おまえは処罰を受けねばならぬ」

「それだけは……この身に待つのは……〝半人〟どもの拷問《ごうもん》でございます。彼らは心の底で貴族を憎んでおる。それがすべてこの身に叩きつけられる……おお、義兄上……なにとぞ……一《いっ》掬《きく》の慈悲を賜らんことを。いま、私を滅《めっ》して下さいませ」

　哀願の言葉を聞き流し、のばして来た血まみれの手を無視して、グレイランサーは通信器へ、

「断じて許してはならぬ裏切り者を引き取りに参れ」

　と命じた。

「御前」

　と〝剣師〟シザムは頭を垂れた。

「心中お察し申し上げます」

　その身体がだしぬけに突きとばされたのである。

　よろめきつつ、さすがは〝剣師〟、鮮やかに体勢を立て直したとき、グレイランサーの姿はまばゆい光の中に消えていた。

　ブリューゲルの姿もない。

「次元バリヤーか⁉」

　滅びぬ貴族を永劫に異界へと封じ込める武器。

　憤怒《ふんぬ》の形相で頭上をふり仰ぐシザムの眼に、青白い飛行体が映った。彼の右手は光と化した。背の鞘《さや》から投じた一刀は、その速度を維持して敵に吸い込まれた。その寸前、これもひとすじの赤光が斜めに敵を貫いた。

　瞬く間に飛行体は灼熱し、幻のように歪《ゆが》んで消滅した。

シザムは溜息をついた。

「誰が救ってくれた？」

かたわらにグレイランサーが立っていた。

「御前――どのように？」

「私の身にも念のための小道具は揃っておる。いい工芸師がいてな」

ちら、とかたわらの地面を見て、

「果たして救いに来たのか、始末しに来たのか。ブリューゲルめには幸運だったやも知れぬな」

と言った。それから空中を仰いで、

「――誰が救ってくれたか、おまえ存じておるか？」

「一向に」

とシザムは答えた。恭しく、丁重に。その頭上で小さな光点が凄まじい速度で闇に呑まれた。

彼は一歩下がって地面に片膝をつき、

「生命を救われました。このご恩――生命をもって返させていただきます。なにとぞ、ご配下にお加え下さいませ」

「好きにせい」

とグレイランサーは言った。〝時だましの香〟の効果は急速に薄れつつあった。

「世界を巡る企ても、一夜のうちに破綻《はたん》する――虚しいものだな」

内容とは裏腹に、皮肉っぽく笑う唇の端で鋭い牙が月光にきらめいた。

「今夜から〈辺境〉へと飛ぶ。我らの国へと、な」

「はっ」

「ついて参れ。遅れるな」

彼は歩き出した。

〈辺境〉へ、ＯＳＢとの戦いの場へと。

その道は、間違っていなかった。


（完）

文庫版あとがき

ノベルス版が出てから一〇年——ようやく「グレイランサー」が復活した。

いま読み返しても、十分に面白い。実は「D」の本編にもゲスト出演させたことがあるのだが、少し軟派から大ハードへと、性格は丸きり違っている。いまになってみると、軽い方を弟か何かに仕立てて、別バージョンのコミカル・グレイランサーを組み立ててもよかったかも知れない。

「貴族グレイランサー」は、「D」のサイド・ストーリーを意図した。Dは〈辺境区〉をさまようが、こちらは〈都〉をあまり出ないのは、区別したかったからである。当然、貴族世界への言及も多くなる。そちらが楽しみな読者は一読渇を癒せるはずである。

超未来を舞台にすれば、現代の縛りはなくなるだろうとよく言われるが、作者が生きている時代の影響は、やはり抜き難く出る。一万年後の人間の精神は絶対に変化しているはずだが、書いてみるとやはり現代から脱け出してはいない。この辺は大いなる課題であるが、やはり、読者が感情移入できないと、ストーリーに浸ってはくれないだろう。

今回はＯＳＢとの対決がメインになっているものの、一万年余の貴族の歴史の中で、他に途方もない歴史的事件が生じなかったはずはない。来月発売予定の『――英傑の血』の後で、その辺も考えてみたいと思うのだが――はて、どうなるか？

二〇二一年四月六日
「怪談せむし男」（'65）を観ながら

菊地秀行

吸血鬼《バンパイア》ハンター アナザー
貴族《きぞく》グレイランサー

朝日文庫
ソノラマセレクション

2021年5月30日　第1刷発行

著　　者　菊地《きくち》秀行《ひでゆき》

発 行 者　三 宮 博 信
発 行 所　朝日新聞出版
〒104-8011　東京都中央区築地5-3-2
電話　03-5541-8832(編集)
　　　03-5540-7793(販売)
印刷製本　株式会社 光邦

ISBN978-4-02-264992-8

朝日文庫

菊地　秀行
吸血鬼《バンパイア》ハンター33　D－呪羅鬼飛行

美貌のハンター・Dは北の辺境へ向かう旅客機で、さまざまな思惑を抱く人々と出会う。そこへ貴族たちと無慈悲な空賊の毒牙が襲いかかる……！

菊地　秀行
吸血鬼《バンパイア》ハンター34　D－死情都市

Dは、血の匂いを嗅ぐと、人間から妖物へと変貌する住人が暮らす街を訪れた。《神祖》の機巧をめぐり、街の支配者・六鬼人と刃を交える！

菊地　秀行
吸血鬼《バンパイア》ハンター35　D－黒い来訪者

貴族に見初められ花嫁になる運命の娘エマ。その恩恵を受ける村人、彼女を守ろうとする男たち、そしてDもまたグスマン村に足を踏み入れる。

菊地　秀行
吸血鬼《バンパイア》ハンター36　D－山獄鬼

神秘の高山、冥府山に集まる腕利きの猛者たちと女猟師ミルドレッド、そしてD。共通する過去を持つ彼らを呼び集める城主の目的は一体——？

菊地　秀行
吸血鬼《バンパイア》ハンター37　D－闇の魔女歌

触れたものみな吸血鬼にする力を持つ女性エレノア。恋人の敵討ちを目論む女武器職人ケルトとDは、ローランヌの館でエレノア夫妻と出会う。

菊地　秀行
吸血鬼《バンパイア》ハンター38　D－暗殺者の要塞

ヴィンスたちイシュナラ村の七人は、山中の旧い砦に立て籠もり貴族ヴァンデルド臣下と戦う。砦を訪れたDも貴族軍のリゲンダンと対峙し……。